La casa de los flamencos

GEORGES SIMENON

La casa de los flamencos

Traducción de
Rafael Perera

DEBOLS!LLO

Papel certificado por el Forest Stewardship Council®

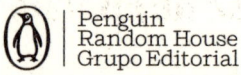
Penguin
Random House
Grupo Editorial

Título original: *Chez les Flamands*

Primera edición: abril de 2025

© 1932, Georges Simenon Limited, todos los derechos reservados

GEORGES SIMENON y ® **Simenon.tm**®, todos los derechos reservados

MAIGRET ® Georges Simenon Limited, todos los derechos reservados

Diseño original de Maria Picassó i Piquer, todos los derechos reservados

© 2025, Penguin Random House Grupo Editorial, S. A. U.
Travessera de Gràcia, 47-49. 08021 Barcelona
© Rafael Perera, por la traducción
Diseño de la cubierta: Penguin Random House Grupo Editorial / Claudia Sánchez
Imagen de la cubierta: Levente Szabo

Printed in Spain – Impreso en España

ISBN: 978-84-663-8094-2
Depósito legal: B-2.706-2025

Compuesto en M. I. Maquetación, S. L.

Impreso en Novoprint
Sant Andreu de la Barca (Barcelona)

P 3 8 0 9 4 2

La casa de los flamencos

1

Anna Peeters

Cuando Maigret descendió del tren, en la estación de Givet, a la primera persona que vio, justamente frente a su compartimiento, fue a Anna Peeters.

Se podía pensar que ella había previsto que se detendría exactamente en esa parte del andén. No parecía asombrada, ni orgullosa. Estaba tal como la había visto en París, igual que debía de estar siempre, vestida con un traje sastre gris acero, con calzado negro y tocada de tal manera que era imposible recordar después la forma o incluso el color de su sombrero.

Allí, con el viento que barría el andén en el que había muy pocos viajeros, parecía mayor, algo más corpulenta. Tenía la nariz enrojecida, y en la mano, un pañuelo hecho una bola.

—Estaba segura de que vendría, señor comisario…

¿Estaba segura de él o segura de ella? No le sonrió al recibirlo. Le preguntó:

—¿Lleva más equipaje?

¡No! Maigret solo tenía su maletín de fuelle, de grueso cuero ennegrecido, que cargaba él mismo, a pesar de su peso.

El tren había dejado en la estación solo a viajeros de tercera clase, que ya habían desaparecido. La muchacha entregó su billete de andén al empleado, que la miró con insistencia.

Una vez fuera, ella dijo con toda naturalidad:

—Al principio pensé en prepararle una habitación en nuestra casa. Después pensé que lo más apropiado sería que se alojase en el hotel. Así que le he reservado la mejor habitación del Hotel del Meuse…

Habían recorrido apenas cien metros por las estrechas calles de Givet y ya se volvía todo el mundo a mirarlos. Maigret caminaba pesadamente con su maletín en la mano. Procuraba observarlo todo: a la gente, las casas y, sobre todo, a su compañera.

—¿Qué es ese ruido? —preguntó al oír un rumor que no lograba identificar.

—El Meuse, que viene crecido y golpea los pilares del puente… Hace tres semanas que se ha interrumpido la navegación…

Al salir de una callejuela, se veía de pronto el río. Era ancho. De orillas imprecisas. La riada, oscura, se metía por algunos sitios en los prados. A lo lejos, se divisaba un cobertizo que emergía del agua.

Se veía también por lo menos cien chalanas, remolcadores y dragas, agrupados unos junto a otros, formando un vasto bloque.

—Este es su hotel… No es muy confortable… ¿Quiere entrar para tomarse un baño?

¡Aquello le sorprendió muchísimo! Maigret era incapaz de definir la impresión que le causaba. Sin duda, nunca una mujer había despertado una curiosidad en él como aquella que permanecía tan tranquila, sin sonreír, sin intentar parecer bonita y que se frotaba a menudo la nariz con el pañuelo.

Debía de tener entre veinticinco y treinta años. Mucho más alta que la media, era de constitución fuerte, un armazón que quitaba toda gracia a sus rasgos.

Ropa de clase media, de suma sobriedad. Aspecto tranquilo, casi distinguido.

Daba la sensación de estar recibiéndolo. Estaba en su casa. Y pensaba en todo.

—No necesito tomar un baño.

—En ese caso, ¿quiere que vayamos a la casa? Deje su equipaje al mozo… ¡Mozo…! Lleve este equipaje al tres… El señor volverá en un rato.

Maigret pensaba, al tiempo que observaba de reojo: «¡Debo de parecer idiota!».

Pues él no parecía precisamente un niño pequeño. Si bien Anna no tenía una apariencia frágil, él era dos veces más ancho que ella, y su grueso abrigo le daba aspecto de estar tallado en piedra.

—¿No está demasiado cansado?

—¡No estoy nada cansado!

—En ese caso ya puedo, al tiempo que caminamos, darle las primeras indicaciones…

¡Las primeras indicaciones se las había dado en París! Un buen día, al llegar a su despacho, había encontrado a aquella desconocida, que le esperaba hacía dos o tres horas y a la que el agente no había logrado desanimar.

—¡Es personal! —había dicho cuando Maigret empezó a preguntarle ante dos inspectores.

Una vez a solas, ella le había dado una carta. Maigret reconoció la letra de un primo de su mujer que vivía en Nancy.

Querido Maigret:

La señorita Anna Peeters me ha sido recomendada por mi cuñado, que la conoce hace unos diez años. Es una muchacha muy seria, que te contará sus desgracias. Haz lo que puedas por ella…

—¿Vive usted en Nancy?

—¡No, en Givet!

—Pero esta carta…

—Fui expresamente a Nancy antes de ir a París. Sabía que mi primo conocía a alguien importante en la policía…

No era una solicitante vulgar. No bajaba los ojos. Su actitud no era de humildad. Hablaba claro y miraba derecho ante ella, como para reclamar lo que se le debe.

—Si no acepta ayudarnos, mis padres y yo estamos perdidos, y se cometerá un terrible error judicial…

Maigret había tomado algunas notas, resumiendo su relato. Una historia de familia bastante embrollada.

Los Peeters, que tenían una tienda de comestibles en la frontera belga… Tres hijos: Anna, que los ayudaba en el comercio; Maria, que era maestra, y Joseph, estudiante de Derecho en Nancy…

Joseph había tenido un hijo con una muchacha de la región. El niño tenía tres años. Pero la muchacha había desaparecido de pronto y se acusaba a los Peeters de haberla matado o de haberla secuestrado…

Maigret no tenía por qué mezclarse en aquel asunto. Un colega de Nancy llevaba el caso. Maigret le había telegrafiado y había recibido una respuesta categórica: «Peeters archiculpables Stop Próximo arresto».

Eso le había decidido a ir. Llegaba pues a Givet sin misión alguna, a título personal. Y desde la estación había caído bajo la tutela de esa Anna, a la que no dejaba de observar.

La corriente era muy fuerte. La riada formaba cascadas ruidosas en cada pilar del puente y arrastraba árboles enteros.

El viento, que se colaba por el valle del Meuse, tomaba el río a contrapelo, elevando el agua a alturas insospechadas y formando verdaderas olas.

Eran las tres de la tarde. La noche se acercaba.

Había corrientes de aire en las calles casi desiertas. Las pocas personas que se veían caminaban deprisa y Anna no era la única que se sonaba.

—Mire esta callejuela de la izquierda…

La joven aflojó el paso y señaló discretamente con un gesto apenas perceptible la segunda casa de la callejuela. Una casa pobre de un solo piso. Ya había luz —la de una lámpara de petróleo— en la ventana.

—¡Ahí es donde vive!

—¿Quién?

—¡Ella! Germaine Piedboeuf… la chica que…

—¿A la que su hermano dejó embarazada?

—¡Si es de él! Porque eso no se ha demostrado todavía… ¡Mire…!

En un umbral de una puerta se veía a una pareja: una muchacha sin sombrero, una obrera de fábrica, sin duda, y la espalda de un hombre que la abrazaba.

—¿Es ella?

—No, puesto que ha desaparecido… Pero es de la misma calaña… ¿Comprende…? Le hizo creer a mi hermano…

—¿El niño no se le parece?

Y ella, secamente:

—Se parece a su madre… ¡Vamos! Esa gente está siempre al acecho tras las cortinas…

—¿Tiene familia?

—Su padre, que es vigilante nocturno en la fábrica, y su hermano Gérard…

La pequeña casa, y sobre todo la ventana iluminada por la lámpara de petróleo, quedarían grabadas en lo sucesivo en la memoria del comisario.

—¿Conoce usted Givet?

—Pasé una vez sin detenerme.

Un muelle interminable, muy ancho, con pivotes cada veinte metros para amarrar las chalanas. Algunos depósitos. Una edificación baja con una bandera.

—La aduana francesa… Nuestra casa está más lejos, cerca de la aduana belga…

El oleaje era tan violento que las chalanas entrechocaban. Caballos en libertad pacían en la escasa hierba.

—¿Ve usted aquella luz…? Es nuestra casa…

Un aduanero los miró pasar sin decir nada. Un grupo de marineros empezó a hablar en flamenco.

—¿Qué dicen?

Ella dudó en contestar, y por primera vez volvió la cabeza.

—¡Que nunca se sabrá la verdad!

Y apretó el paso, contra el viento, agachándose para ofrecer menos resistencia.

Aquello ya no era la ciudad. Ese era el dominio del río, de los barcos, de la aduana, de los fletadores. Por un sitio y por otro, alguna lámpara eléctrica encendida en medio del viento. Ropa blanca que golpeaba sobre una chalana. Chiquillos que jugaban en el barro.

—Su colega apareció ayer por casa y nos anunció, de parte del juez de instrucción, que debemos estar a disposición de la justicia… Es la cuarta vez que lo registran todo, incluso la cisterna…

Estaban llegando. Ya se divisaba la casa de los flamencos. Se trataba de una construcción bastante importante, a la orilla del río, en el lugar en que los barcos eran más numerosos. Ninguna casa cerca. La única construcción que se veía, a cien metros, era la oficina de la aduana belga, con un poste tricolor a su costado.

—Si hace el favor de entrar…

En los cristales de la puerta, reclamos transparentes de cremas para limpiar los metales. Sonó una campanilla.

Ya en el umbral uno quedaba envuelto en el calor de una atmósfera indefinible, quieta, melosa, en la que dominaban los olores. Pero ¿qué olores? Una punta de canela, con una nota más acentuada de café molido. También se olía el petróleo, pero con hedor de ginebra.

Una bombilla eléctrica. Una sola. Tras el mostrador de madera pintado de castaño oscuro, una mujer, de cabello blancos, con corpiño negro, hablaba flamenco con una marinera, quien tenía un niño en brazos.

—¿Quiere venir por aquí, señor comisario…?

Maigret tuvo tiempo de ver los anaqueles llenos de mercancías. Se había fijado, sobre todo, en un extremo del mostrador, con una parte recubierta de cinc, con botellas, de tapones de estaño, que contenían aguardiente.

No le dio tiempo de detenerse. Otra puerta acristalada, tapada por una cortina. Atravesaron la cocina. Junto a la cocina de leña, había un viejo sentado en un sillón de mimbre.

—Por aquí…

Un pasillo más frío. Otra puerta. Y llegaron a una habitación inesperada: medio salón, medio comedor, con piano, un estuche de violín, el piso encerado con cuidado, muebles confortables, reproducciones de cuadros en las paredes.

—Deme su abrigo…

La mesa estaba preparada: un mantel de grandes cuadros, con cubiertos de plata y tazas de fina porcelana.

—Tomará usted alguna cosa…

El abrigo de Maigret estaba ya en el pasillo y Anna volvía, con una blusa de seda blanca que la hacía menos joven todavía.

Y, sin embargo, tenía formas redondeadas. ¿Por qué, entonces, esa falta de femineidad? Uno no se la podía imaginar enamorada. ¡Y menos aún a un hombre enamorado de ella!

Todo debía de haber sido preparado anteriormente. Ella llegó con una cafetera humeante. Llenó tres tazas. Tras una nueva desaparición, volvió con una tarta de arroz.

—Siéntese, señor comisario… Mi madre vendrá enseguida…

—¿Es usted la que toca el piano?

—Mi hermana y yo… Pero ella dispone de menos tiempo que yo… Por la tarde tiene que corregir los trabajos de sus alumnos…

—¿Y el violín?

—Mi hermano…

—¿No está en Givet?

—Llegará en un rato… Le he avisado de su llegada…

Cortó la tarta. Sirvió primero al visitante, como correspondía. La señora Peeters entró con las manos juntas ante el regazo, esbozando una tímida sonrisa de recibimiento, una sonrisa llena de melancolía y resignación.

—Anna me ha dicho que ha aceptado usted…

Tenía un aspecto más flamenco que el de su hija, y aún conservaba un ligero acento. Sin embargo, sus rasgos eran muy finos, y su cabello, de un blanco sorprendente, le daba cierto aire de nobleza. Se sentó al borde de la silla, como una mujer que espera a que la llamen de un momento a otro.

—Debe de tener hambre después de este viaje… Yo ya no tengo apetito desde que…

Maigret pensaba en el viejo que se había quedado en la cocina. ¿Por qué no iba él también a comer la tarta? En ese momento, la señora Peeters estaba diciéndole a su hija:

—Lleva un trozo a tu padre… —Y a Maigret—: No se mueve casi nunca de su sillón… Apenas se da cuenta de nada…

En aquella atmósfera, nada hacía pensar en una tragedia. Daba la impresión de que los peores acontecimientos podían ocurrir fuera, sin turbar en absoluto la quietud de la casa de los flamencos, donde no había una mota de polvo, ni una ligera corriente de aire, ni ruido alguno que no fuera el ronroneo de la estufa.

Maigret preguntó, al tiempo que comía la densa tarta:

—¿Qué día sucedió exactamente?

—El tres de enero… Un miércoles…

—Estamos a veinte…

—Sí, no nos acusaron inmediatamente…

—Esa joven… ¿cómo se llama?

—Germaine Piedboeuf. Vino hacia las ocho de la tarde. Entró en el almacén y fue mi madre la que la recibió…

—¿Qué quería?

La señora Peeters hizo ademán de secarse una lágrima en la mejilla.

—Lo de siempre… Lamentarse de que Joseph no iba a verla, que no tenía noticias de él… ¡Un muchacho que trabaja tanto…! Tiene un gran mérito, se lo aseguro, que prosiga con sus estudios, a pesar de todo…

—¿Estuvo mucho tiempo aquí?

—Unos cinco minutos… Tuve que decirle que no chillase… Los marineros habrían podido oírla… Anna llegó y le dijo que lo mejor era que se fuese…

—¿Se fue?

—Anna la acompañó fuera… Yo volví a la cocina y me puse a limpiar la mesa…

—¿Desde entonces no la han visto más?

—¡Nunca!

—¿Nadie de la región la ha encontrado?

—¡Todos dicen que no!

—¿Amenazó con suicidarse?

—¡No! Esa clase de mujeres no se matan… ¿Un poco más de café…? ¿Un trozo de tarta…? La ha hecho Anna…

Un nuevo rasgo que añadir a la imagen de Anna. Permanecía tranquila en su silla. Observaba al comisario, como si se hubieran invertido los papeles, como si ella perteneciese al Quai des Orfèvres y él a la casa de los flamencos.

—¿Recuerda lo que hizo usted aquella noche?

Fue Anna la que contestó, con una sonrisa triste:

—Nos han preguntado tanto sobre esto que acabamos recordando los menores detalles. Al entrar, subí a mi habitación para coger lana de hacer punto… Cuando bajé, mi hermana estaba al piano, y Marguerite acababa de llegar…

—¿Marguerite?

—Nuestra prima… La hija del doctor Van de Weert… Viven en Givet… Le diré también, puesto que de todas maneras acabará enterándose, que es la prometida de Joseph…

La señora Peeters se levantó suspirando, porque había sonado la campanilla del almacén. Se la oyó hablar en flamenco, con voz casi jovial, y pesar judías o guisantes.

—Supone un enorme dolor para mi madre… Desde siempre, estaba decidido que Joseph y Marguerite se casarían. Estaban ya prometidos a los dieciséis años… Pero Joseph tenía que terminar sus estudios… Fue entonces cuando tuvo ese niño…

—¿Y a pesar de todo pensaban casarse?

—¡No! Pero Marguerite se niega a casarse con ningún otro… Todavía se quieren…

—¿Germaine Piedboeuf lo sabía?

—¡Sí! Pero ¡esperaba que se casara con ella! Como mi

hermano, para tener tranquilidad, le había prometido… El matrimonio se celebraría después de los exámenes…

La campanilla de la tienda volvió a sonar. La señora Peeters se afanaba por la cocina.

—Le estaba preguntando qué hizo aquella noche del tres…

—Sí… Como le decía, cuando bajé, mi hermana y Marguerite estaban en esta habitación… Tocamos el piano hasta las diez y media… Mi padre se había acostado a las nueve, como de costumbre… Mi hermana y yo acompañamos a Marguerite hasta el puente…

—¿Y no se encontraron a nadie?

—A nadie… Hacía frío… Volvimos… Al día siguiente nadie sospechaba nada de lo ocurrido… Por la tarde se habló de la desaparición de Germaine Piedboeuf… Solo dos días después empezaron a acusarnos, porque alguien la había visto entrar aquí… El comisario de policía nos llamó y después su colega de Nancy… Parece ser que el señor Piedboeuf ha presentado una denuncia… Registraron la casa, la bodega, la cochera, todo… Incluso removieron la tierra del jardín…

—¿Su hermano no estaba en Givet el día tres?

—¡No! Solo viene los sábados en moto… Pocas veces otros días de la semana… La ciudad entera está contra nosotros, porque somos flamencos y tenemos dinero…

El tono tenía cierto deje de orgullo. O más bien un exceso de seguridad.

—No puede usted imaginarse todo lo que han inventado…

De nuevo la campanilla del almacén. Luego, una voz joven:

—¡Soy yo…! No os molestéis…

Pasos rápidos. Una silueta muy femenina que se precipita en el comedor, deteniéndose bruscamente ante Maigret.

—¡Oh, perdón…! No sabía…

—El comisario Maigret, que ha venido a ayudarnos… Mi prima Marguerite…

Una manita enguantada en la mano de Maigret. Y una sonrisa intimidada.

—Anna me ha dicho que ha aceptado usted…

Era muy refinada, más refinada que bonita. El cabello rubio, de menuda ondulación, encuadraba su rostro.

—Parece ser que toca usted el piano…

—Sí… Solo me gusta la música, sobre todo cuando estoy triste…

Y su sonrisa hacía pensar en la de las chicas bonitas de los calendarios publicitarios. Los labios alargados, en una mueca, mirada velada, rostro un poco ladeado…

—¿No ha regresado Maria?

—¡No! Su tren debe de ir una vez más con retraso.

La silla, demasiado frágil, crujió cuando Maigret quiso cruzar las piernas.

—¿A qué hora llegó usted el día tres?

—A las ocho y media… Quizá un poco antes… Cenamos pronto… Mi padre tenía amigos para jugar al bridge…

—¿Hacía el mismo tiempo que hoy?

—Llovía… Ha llovido durante toda una semana…

—¿El Meuse estaba ya crecido?

—Empezaba… Pero las compuertas no fueron sobrepasadas hasta el día cinco o el seis. Todavía circulaban convoyes de barcos…

—¿Un trozo de tarta, señor comisario…? ¿No…? Entonces ¿un puro? —Anna le tendió una caja de puros belgas y murmuró en son de excusa—: No son de contrabando… Una parte de nuestra casa está en Bélgica y la otra en Francia…

—En resumen, que su hermano, al menos, no está implicado en lo sucedido, ya que se encontraba en Nancy…

Anna replicó:

—¡No es del todo así! Pues un borracho afirma haber visto pasar su moto por el muelle… Se lo contó a la policía quince días más tarde de la desaparición… ¡Como si pudiera acordarse…! Eso es cosa de Gérard, el hermano de Germaine Piedboeuf… Tiene poco en que ocuparse. Así que se pasa el tiempo buscando testigos… Figúrese que quiere pedir una indemnización de trescientos mil francos…

—¿Dónde está el niño?

Se oía a la señora Peeters precipitarse a la tienda, donde había sonado la campanilla. Anna guardó la tarta en el aparador y puso la cafetera sobre la estufa.

—¡En su casa!

La voz de un marinero, que pedía ginebra, resonó fuertemente tras el tabique.

2

El Estrella Polar

Marguerite van de Weert rebuscaba febrilmente en su bolsillo, impaciente por enseñar algo.

—¿No has recibido todavía el *Écho de Givet*?

Y tendió a Anna un recorte de periódico. Sonreía con modestia. Anna le pasó el papel a Maigret.

—¿Quién te ha dado la idea?

—Se me ocurrió ayer, por casualidad.

Se trataba de un anuncio.

Se ruega al motorista que pasó el 3 de enero por la carretera de Meuse se presente en la tienda Peeters. Gran recompensa.

—No me he atrevido a dar mi dirección, pero…

A Maigret le pareció que Anna miraba a su prima con algo de impaciencia, mientras murmuraba:

—Es una idea… Pero no vendrá nadie…

Marguerite, que esperaba emocionada las felicitaciones, dijo:

—¿Por qué no iba a venir? Si ha pasado una moto que no es la de Joseph, no hay ninguna razón…

Las puertas se hallaban abiertas. Empezaba a cantar el agua en la caldera de la cocina. La señora Peeters estaba poniendo la mesa para la comida. De pronto llegó del almacén un rumor de voces, y las dos jóvenes prestaron atención.

—Entre, se lo ruego… No tengo nada que decirle, pero…

—¡Joseph! —balbuceó Marguerite, levantándose.

Más que amor era fervor lo que había en su voz. Su rostro se había transfigurado. No se atrevía a sentarse de nuevo. Conteniendo la respiración, esperaba con tanto afán que todo hacía creer que pronto aparecería una especie de superhombre en la sala.

La voz se elevaba ahora en la cocina:

—Buenos días, madre…

Y otra voz, desconocida para Maigret:

—Me perdonará, señora; pero tengo que hacer algunas comprobaciones, y he aprovechado que está aquí su hijo…

Por fin, los dos hombres aparecieron ante la puerta del comedor. Joseph Peeters fruncía imperceptiblemente el ceño, murmurando con una suavidad incómoda:

—Buenos días, Marguerite…

Ella le cogió la mano entre las suyas.

—¿Estás muy cansado, Joseph…? Y de ánimo, ¿bien…?

Pero Anna, más tranquila, se dirigió al segundo hombre, indicándole a Maigret:

—El comisario Maigret, al que debe usted de conocer…

—Inspector Machère… —dijo el otro, dándole la mano—. Es verdad que usted…

Pero así no se podía conversar, todos de pie entre la puerta y la mesa, ya servida.

—Estoy aquí a título extraoficial —refunfuñó Maigret—. Sobre todo, hagan como si yo no existiera…

Lo tocaron en el brazo.

—Mi hermano Joseph… El comisario Maigret…

Y Joseph tendió una larga mano, huesuda y fría. Le sacaba media cabeza a Maigret, que medía ya un metro ochenta. Pero era tan estrecho de cuerpo que parecía que, a pesar de sus veinticinco años, no había acabado de crecer.

Una nariz fina. Ojos cansados, ojeras. El cabello rubio, corto. Debía de tener mala vista, pues parpadeaba constantemente, para huir de la luz de la lámpara.

—Encantado, señor comisario… Estoy avergonzado…

No era ni siquiera elegante. Se quitó un impermeable grasiento, bajo el cual llevaba un traje de un gris neutro, de un corte deplorable.

—Lo encontré cerca del puente —dijo el inspector Machère— y le he pedido que me trajera en su moto…

Se volvió entonces hacia Anna. Y, a partir de aquel momento, se dirigió a ella como si fuera la dueña de la casa. No se veía a la señora Peeters ni a su marido, sentado en el sillón de mimbre de la cocina.

—¿Supongo que se puede subir fácilmente al tejado?

Todo el mundo se miró.

—¡Por el tragaluz del granero! —contestó Anna—. ¿Quiere…?

—¡Sí! Quisiera echar un vistazo allí arriba…

Esto dio a Maigret la oportunidad de visitar la casa. La escalera estaba barnizada, recubierta por un linóleo encerado con tanto cuidado que había que tener mil precauciones para no resbalarse.

En el primer piso, un rellano con las puertas de tres habitaciones. Joseph y Marguerite se quedaron abajo. Anna iba la primera y el comisario se fijó que movía ligeramente las caderas.

—¡Tengo que hablar con usted! —murmuró el inspector.

—¡Después!

Y subieron al segundo piso. A un lado, una buhardilla, convertida en habitación, pero sin ocupar. Al otro lado, un inmenso granero de gruesas vigas, donde se apilaban las cajas y los sacos de mercancías. Para llegar al tragaluz, el inspector tuvo que subirse sobre dos cajas.

—¿No tiene luz?

—Tengo mi linterna…

El inspector Machère era un hombre joven, de rostro redondo, jovial, de una actitud incansable. Maigret no salió al tejado, pero miró por el tragaluz. El viento soplaba a ráfagas. Se oía el estruendo del río y se percibía en la noche la marejada, que algunos faroles de gas salpicaban de luces.

A la izquierda, sobre la cornisa, había un depósito de cinc, de dos metros cúbicos por lo menos, hacia el que se dirigió el policía, sin vacilar. Debía de estar destinado a recoger el agua de lluvia.

Machère se inclinó, pareció desanimado y siguió caminando un instante por el tejado. Se agachó para recoger algo.

Anna esperaba sin decir nada, en la oscuridad, tras Maigret. De nuevo vieron las piernas del inspector; después, el torso, y, por último, la cara.

—Un escondrijo en el que no había pensado hasta esta tarde, al ver que la gente de mi hotel solo bebe agua de lluvia… Pero el cadáver no está allí…

—¿Qué ha recogido usted?

—Un pañuelo… Un pañuelo de mujer…

Lo desplegó, lo alumbró con su linterna, buscando en vano una inicial. El pañuelo, grasiento, había estado mucho tiempo a la intemperie.

—¡Lo veremos más tarde! —exclamó el inspector con un suspiro dirigiéndose hacia la puerta.

Cuando penetraron de nuevo en la cálida atmósfera del comedor, Joseph Peeters estaba sentado en el taburete del piano leyendo el anuncio que acababa de enseñarle Marguerite. La muchacha estaba de pie ante él, y su sombrero de amplias alas y su abrigo adornado con pequeños volantes resaltaban aún más su aspecto vaporoso.

—¿Podrías venir a verme esta noche al hotel? —le dijo Maigret al muchacho.

—¿A qué hotel?

—Al Hotel del Meuse—intervino Anna—. ¿Nos deja ya, señor comisario…? Me habría apostado que se quedaría a cenar, pero…

Maigret atravesó la cocina. La señora Peeters lo miró con estupor.

—¿Se va usted?

El viejo tenía la mirada vacía. Fumaba una pipa de espuma, sin pensar en otra cosa. Ni siquiera saludó.

Fuera seguía oyéndose el viento, el estruendo del caudal aumentado del Meuse, el entrechocar de los barcos amarrados unos junto a otros. El inspector Machère se apresuró a cambiar de sitio, pues se había puesto a la derecha de Maigret.

—¿Cree que son inocentes?

—No tengo ni idea. ¿Lleva tabaco?

—Solo tengo negro... ¿Sabe que se habla mucho de usted en Nancy...? Y eso es lo que me preocupa... Porque estos Peeters...

Maigret se había detenido ante los barcos, por los que paseó la mirada. Givet, gracias a la crecida que interrumpía la navegación, parecía un gran puerto. Había varias chalanas del Rin, de miles de toneladas, todas de acero negro. Cerca de estas, las chalanas del norte, de madera, se asemejaban a juguetes barnizados.

—¡Tendré que comprarme una boina! —refunfuñó el comisario, que tenía que sujetar su bombín.

—¿Qué le han contado? ¡Que son inocentes, naturalmente...!

A causa del ruido que provocaba el viento, se veían obligados a hablar muy alto. Givet, a quinientos metros, no era más que un haz de luces. La casa de los flamencos se recortaba contra el cielo tormentoso y mostraba ventanas iluminadas por suaves resplandores.

—¿De dónde proceden?

—Del norte de Bélgica... Peeters, el padre, nació más allá de Limburgo, en la frontera holandesa... Tiene veinte años más que su mujer, es decir, ochenta... Era cestero... Hace algunos años ejercía todavía su oficio, con cuatro obreros, en el taller que hay detrás de la casa... Actualmente está completamente ido...

—¿Son ricos?

—¡Eso dice la gente! La casa es de ellos. Incluso han prestado dinero a marineros pobres, que querían comprarse un barco… Como verá, comisario, es una mentalidad distinta a la nuestra… La vieja Peeters tiene centenares de miles de francos, lo que no le impide servir ella misma tragos a los clientes… Lo único, el hijo, que va a ser abogado… La hija mayor ha aprendido a tocar el piano… La otra es maestra en un gran convento de Namur… Es algo mejor que ser profesora… ser profesora de instituto… —Machère señaló las chalanas—. Ahí dentro son la mitad flamencos… Gente que no quiere cambiar sus costumbres… Los otros van a las tascas que se encuentran cerca del puente, beben vino y toman aperitivos… A los flamencos les gusta su ginebra, alguien que entienda su lengua, y ya está… Cada barco compra provisiones para una semana y más… ¡Y ya no hablo del contrabando…! Están bien situados para eso…

Los abrigos se pegaban al cuerpo. El oleaje era tan fuerte que el agua saltaba sobre el puente de las chalanas cargadas.

—No tienen las mismas ideas que nosotros… Para ellos esto no es un bar… Es un almacén de comestibles, aunque se sirvan bebidas en el mostrador… Incluso las mujeres se echan un trago cuando hacen la compra… Parece que eso es lo que más beneficios les da…

—¿Los Piedboeuf…? —preguntó Maigret.

—Gente pobre… Un vigilante de fábrica… La hija era mecanógrafa en esa misma fábrica… El hijo sigue trabajando allí…

—¿Un muchacho serio?

—No demasiado… No se desloma a trabajar… Prefiere jugar al billar en el Café de la Mairie… Es un tipo guapo y lo sabe…

—¿Y la hija?

—¿Germaine…? Tenía muchos novios… Ya sabe, comisario, la típica chica que se encuentra, por las tardes, en los rincones oscuros con un hombre… Lo que no impide que el niño sea con seguridad de Joseph Peeters… Yo lo he visto… Se le parece… Lo que no se puede negar es que ella entró en la casa, el tres de enero, un poco después de las ocho de la tarde, y desde entonces nadie ha vuelto a verla…

—El inspector Machère hablaba claro—. Lo he registrado todo… Con ayuda de un arquitecto, he hecho incluso un plano de la casa… Solo me había olvidado de una cosa: del tejado… Normalmente no suele pensarse en un tejado para esconder un cadáver… He estado allí hace un rato… He encontrado un pañuelo, pero nada más…

—¿Y el Meuse?

—¡Precisamente! Iba a hablarle de él… Sabe usted que casi siempre se encuentran a los ahogados en las presas… Hay ocho desde aquí a Namur… Solo que dos días después del crimen, el río había crecido tanto que las presas se desbordaron, lo que ocurre todos los inviernos… Por eso mismo, Germaine Piedboeuf puede haber llegado fácilmente a Holanda, si no al mar…

—Me han dicho que Joseph Peeters no estaba aquí la tarde en que…

—¡Lo sé! Eso dice él… Un testigo vio una moto parecida a la suya… El muchacho jura que no era él…

—¿No tiene coartada?

—La tiene y no la tiene… Fui a Nancy expresamente… Vive en una casa de huéspedes, donde puede entrar y salir sin que lo vea la dueña de la casa… Además, frecuenta los cafés y los bares donde los estudiantes se encuentran todas las noches… Nadie se acuerda exactamente si fue el tres, o el cuatro, o el cinco cuando pasó una noche en uno de esos bares…

—¿Germaine Piedboeuf pudo suicidarse?

—No era una mujer capaz de eso… Una jovencita con mala salud, que tampoco tenía mucha moral, pero que adoraba a su hijo…

—Es posible que haya sido víctima de otro ataque…

Esta vez Machère se calló, dejando errar la vista por los barcos que formaban como un islote a pocos metros de la ribera.

—Ya he pensado en ello… He investigado a cada marinero… La mayoría son personas serias, que viven a bordo con sus familias y sus hijos… El único que ha levantado mis sospechas ha sido el Estrella Polar… El último barco río arriba… El que está más sucio y parece que vaya a zozobrar…

—¿De quién es?

—El barco es de un belga de Tilleur, cerca de Lieja… Una mala bestia, que ha sido detenido dos veces por acoso sexual… El barco se ve descuidado… Las compañías no quieren asegurarlo… Ha tenido muchos problemas relacionados con mujeres y chicas jóvenes… Pero ¿por qué quiere usted…?

Los dos hombres avanzaban de nuevo en dirección al puente. A medida que se aproximaban, se adentraban en la luz de las farolas de la ciudad. A la derecha vieron tabernas francesas, en las que sonaban las pianolas.

—Está bajo vigilancia… Lo que no impide que el testimonio respecto a la moto…

—¿En qué hotel se aloja usted?

—En el Hotel de la Gare…

Maigret le tendió la mano.

—Volveremos a vernos, amigo… Por supuesto, es usted el que se encarga de la investigación… Estoy aquí en calidad de aficionado…

—¿Y qué quiere que haga…? Si no se encuentra el cuerpo, no hay ninguna prueba… Si ha sido arrojada al agua, nunca la encontraremos…

Maigret le estrechó distraídamente la mano, y, como llegaban al puente, se metió en el Hotel del Meuse.

Maigret, al tiempo que comía, había anotado en su carnet:

Opiniones sobre los Peeters:

MACHÈRE. — No se consideran taberneros.

EL HOTELERO. — Son gente que se consideran de la alta burguesía. ¿Acaso se me ocurre a mí que mi hijo sea abogado?

UN MARINERO. — ¡En el país de los flamencos, todos son así!

OTRO. — ¡Se comportan entre ellos como masones!

Era curioso, desde la ciudad, es decir, desde el puente que constituía el punto central de Givet, mirar hacia el lado de los flamencos. Se estaba en una ciudad francesa. Calles pequeñas. Cafés llenos de aficionados al billar y al dominó. Olor de aperitivos de anís y un ambiente general de familiaridad.

Luego, ese trozo de río. El edificio de la aduana. ¡Por último, al final del todo, en el límite del campo, la casa de los flamencos! La tienda llena hasta reventar de mercancías; la pequeña barra de cinc, para los bebedores de ginebra; la cocina y el viejo senil del marido en su sillón de mimbre, arrimado a la estufa; el comedor y el piano, el violín, las sillas confortables, la tarta casera; Anna y Marguerite; el mantel a cuadros; Joseph, larguirucho, delgado y de aspecto enfermizo, llegando en moto en medio de una atmósfera de admiración general.

El Hotel del Meuse era un hotel para viajantes de comercio. El dueño conocía a todos. Cada uno tenía su servilleta.

Joseph Peeters entró allí, como un extraño, tímidamente, hacia las nueve, y, dirigiéndose al comisario, balbució:

—¡Hay novedades!

Como todo el mundo los miraba, Maigret prefirió llevar al muchacho a su habitación.

—¿De qué se trata?

—¿Está al corriente del anuncio…? Se ha presentado un motorista… El dueño de un garaje de Dinant, que pasó aquel día, hacia las ocho y media, por delante de la casa…

Maigret no había abierto todavía su equipaje. El comisario se había sentado en el borde de la cama y le había dejado la única butaca a su visitante.

—¿Quiere usted realmente a Marguerite?

—Sí… Es decir…

—¿Es decir…?

—¡Es mi prima! Quería que fuese mi mujer… Estaba decidido desde hacía mucho tiempo…

—¡Lo que no ha impedido que tenga un hijo con Germaine Piedboeuf!

Un silencio. Después, apenas balbuciente, un débil:

—Sí…

—¿La quería?

—¡No lo sé!

—¿Se habría casado con ella?

—No lo sé…

Maigret lo veía a plena luz, con su rostro delgado, los ojos fatigados, sus gestos cansados. Joseph Peeters no se atrevía a mirarlo a la cara.

—¿Cómo ocurrió?

— Germaine y yo nos veíamos con frecuencia…

—¿Y Marguerite?

—¡No! Era otro tipo de relación…

—¿Entonces?

—Me dijo que iba a tener un hijo… Yo no sabía qué hacer…

—Fue su madre la que…

—Mi madre y mis hermanas… Me aseguraron que yo no era el primero, que Germaine había tenido ya…

—¿Aventuras?

La ventana daba al río, en el sitio preciso en que rompía contra los pilares del puente. El estruendo era continuo, imponente.

—¿Está enamorado de Marguerite?

El muchacho se levantó, nervioso; se encontraba a disgusto.

—¿Qué quiere decir?

—¿Está enamorado de Marguerite, o de Germaine?

—Yo… Pues…

Gotas de sudor le perlaban la frente.

—¿Cómo quiere que lo sepa…? Mi madre había alquilado para mí un bufete de abogado, en Reims…

—¿Para usted y Marguerite?

—No lo sé… Conocí a la otra en un baile…

—¿A Germaine?

—En un baile al que me prohibieron ir… La acompañé hasta su casa… En el camino…

—¿Y Marguerite?

—No es lo mismo… Yo…

—¿No salió usted de Nancy la noche del tres al cuatro?

Maigret ya sabía lo suficiente. Fue hacia la puerta. Ya había juzgado a su hombre: un muchachón huesudo, de poco carácter, cuyo orgullo se alimentaba de la admiración de sus hermanas y su prima.

—¿Qué hace desde entonces?

—Estoy preparando mi examen… Es el último… Anna me telegrafió que viniera a verlo… ¿Me…?

—¡No! ¡Ya no le necesito! Puede regresar a Nancy.

Maigret no olvidaría jamás el aspecto del joven: unos ojos claros que debido a la inquietud se veían enrojecidos. La chaqueta, demasiado recta. Los pantalones, con rodilleras…

Con el mismo traje, añadiendo solamente un impermeable, Joseph Peeters volvería a Nancy, en su moto, sin sobrepasar las velocidades prescritas…

Una pequeña habitación de estudiante, en casa de cualquier anciana necesitada… Los cursos, a los que seguramente siempre asistía… El café a mediodía… El billar por la tarde…

—¡En caso de que necesite hablar con usted, lo llamaré!

Tras quedarse solo, Maigret se acodó en la ventana; recibía el viento del valle mientras miraba al Meuse precipitarse por la llanura y divisaba a lo lejos una lucecilla velada: la casa de los flamencos.

En la oscuridad, un montón confuso de barcos, mástiles, chimeneas, estraves redondos de chalanas…

Y el Estrella Polar en cabeza…

Salió llenándose la pipa. Se subió el cuello de terciopelo del abrigo. Hacía tanto viento que, a pesar de su corpulencia, se vio obligado a contraer el cuerpo para resistir el embate.

3

La comadrona

Siguiendo su costumbre, Maigret estaba levantado a las ocho. Con las manos en los bolsillos del abrigo, la pipa entre los dientes, permaneció un momento inmóvil frente al puente, mirando indistintamente al río embravecido y a los peatones.

El viento era tan violento como la víspera. Hacía mucho más frío que en París.

¿En qué se notaba exactamente la frontera? ¿En las casas de ladrillos de un marrón feo, que eran ya casas belgas, con su entrada de piedra tallada y sus ventanas decoradas con macetas de cobre?

¿En los rasgos más duros, más marcados, de los valones? ¿En los uniformes caquis de los aduaneros belgas? ¿O en la moneda de los dos países que circulaba en las tiendas?

En todo caso, estaba claramente caracterizada. Aquello era la frontera. Dos razas se mezclaban entre sí.

Maigret pudo apreciarlo con mayor claridad al entrar en una taberna del muelle para beber un ponche. Taberna francesa. Toda la gama de aperitivos multicolores. Los muros claros, guarnecidos de espejos. Y la gente, de pie, tomando el aperitivo.

Alrededor de los patrones de dos remolcadores había una decena de marineros. Estaban discutiendo sobre las posibilidades de bajar por el río, a pesar de todo.

—¡Imposible pasar bajo el puente de Dinant! Y, si se pudiera, tendríamos que cobrar quince francos franceses por tonelada... Es demasiado caro... A ese precio, es mejor esperar...

Miraban a Maigret. Un hombre le dio un codazo al tipo de al lado. Lo habían reconocido.

—Hay un flamenco que habla de partir mañana, sin motor, dejándose llevar por la corriente...

En el café, no había ningún flamenco. Estos preferían la tienda de los Peeters, toda de madera oscura, con sus olores de café, de achicoria, de canela y de ginebra. Debían de estar acodados en el mostrador, durante horas, alargando una conversación perezosa y mirando con sus ojos claros los reclamos transparentes de la puerta.

Maigret escuchaba lo que se decía a su alrededor. Se enteró de que no apreciaban a los marineros flamencos, no tanto por su carácter, sino porque, con sus barcos provistos de fuertes motores, cuidados como si fueran baterías de cocina, hacían la competencia a los franceses, pues aceptaban fletes a precios irrisorios.

—¡Y encima se dedican a matar a muchachas!

Hablaban para que los oyera Maigret, a quien observaban con el rabillo del ojo.

—¡Habría que preguntarse a qué espera la policía para detener a los Peeters! Tal vez duden en hacerlo porque como tienen mucho dinero...

Maigret se fue y estuvo deambulando todavía algunos minutos por el muelle mirando el agua oscura, que arrastraba ramas de árboles. En la callejuela de la izquierda avistó la casita que Anna le había indicado.

La luz de esa mañana era triste; el cielo, de un gris uniforme. La gente, que tenía frío, no se entretenía en las calles.

El comisario se acercó al umbral y tiró del cordón de la campanilla. Era un poco más de las ocho y cuarto. La mujer que salió a abrir debía de estar ocupada en una limpieza general, pues se secó las manos en el delantal mojado.

—¿Qué desea?

Al fondo del pasillo se veía una cocina, y en medio, un cubo y un cepillo.

—¿Está el señor Piedboeuf?

Ella lo miró de arriba abajo, con desconfianza.

—¿El padre o el hijo?

—El padre.

—¿Es usted de la policía, no…? Entonces debería saber que a estas horas está durmiendo, puesto que es vigilante de noche y no vuelve nunca antes de las siete de la mañana… Ahora, si quiere subir…

—No es necesario. ¿Y el hijo?

—Hace diez minutos que ha salido para su oficina.

En la cocina se oyó el ruido de una cuchara que caía. Maigret divisó parte de la cabeza de un niño.

—¿No es ese por casualidad…? —empezó a decir.

—¡Es el hijo de la pobre señorita Germaine, sí! ¡Entre o salga! Se está enfriando toda la casa…

El comisario entró. La pintura de las paredes del pasillo imitaban el mármol. La cocina estaba en desorden, y la mujer refunfuñaba cosas confusas al tiempo que recogía su cubo y el cepillo.

Sobre la mesa, tazas y platos sucios. Un niño de dos años y medio estaba sentado, solo, comiéndose un huevo pasado por agua tan torpemente que se estaba manchando todo de amarillo.

La mujer debía de tener unos cuarenta años. Era delgada, de rostro enjuto.

—¿Es usted quien lo cuida?

—Desde que mataron a su madre, soy yo quien se ocupa de él la mayor parte del tiempo, sí. El abuelo, debido a su trabajo, tiene que dormir parte del día. No hay nadie más en la casa. Y, cuando debo visitar a algún cliente, tengo que confiárselo a una vecina.

—¿Clientes?

—Soy comadrona diplomada.

Se había quitado el delantal de cuadros, como si este le restara dignidad.

—¡No tengas miedo, mi pequeño Jojo! —le dijo al niño, que miraba al visitante y había dejado de comer.

¿Se parecía a Joseph Peeters? Era difícil decirlo. Desde luego, era un niño de aspecto débil. Tenía rasgos irregulares, la cabeza demasiada grande, el cuello delgado y, sobre todo, una boca fina y ancha, que parecía ser la de un niño de diez años, por lo menos.

Observaba con fijeza a Maigret, pero su mirada no expresaba nada. Tampoco experimentó ningún sentimiento cuando la buena mujer creyó oportuno abrazarlo, quizá un poco teatralmente, chillando:

—¡Pobrecito! ¡Cómete el huevo, cariño!

No había invitado a Maigret a sentarse. Había agua por el suelo y una sopa en el hornillo.

—Es usted al que han llamado de París, ¿verdad?

Su voz no era agresiva todavía, pero distaba mucho de ser amable.

—¿Qué quiere decir?

—¡Aquí es inútil andarse con misterios! ¡Se sabe todo!

—Explíquese.

—¡Para qué, si lo sabe tan bien como yo! ¡Menudo trabajo que ha aceptado usted…! ¿Acaso la policía no está siempre del lado de los ricos?

Maigret había fruncido el ceño, no por esa acusación gratuita, sino por lo que las palabras de la comadrona revelaban.

—Fueron los mismos flamencos los que dijeron a todo el mundo que podían seguir molestándolos, pero que aquello no duraría y que las cosas cambiarían cuando no sé qué comisario llegara de París.

Su sonrisa era malévola.

—¡Diablos! ¡Les han dado todo el tiempo del mundo para preparar sus mentiras! ¡Saben demasiado bien que nunca encontrarán el cuerpo de la señorita Germaine! Come, mi pequeño. No te preocupes…

Sus ojos se humedecieron al mirar al pequeño, que tenía la cabeza levantada y no dejaba de observar a Maigret.

—¿No hay nada que pueda decirme? —preguntó el comisario.

—¡Absolutamente nada! ¡Los Peeters ya le habrán dado toda la información que usted necesita y le habrán dicho, incluso, que el niño no es de su Joseph!

No valía la pena insistir. Maigret era el enemigo. En esa casa pobre flotaba una atmósfera de odio.

—Ahora, si quiere ver al señor Piedboeuf, no tiene más que volver al mediodía… Es la hora a la que se levanta y a la que Gérard vuelve del despacho…

Lo acompañó a lo largo del pasillo y cerró la puerta tras él. En el primer piso, los estores estaban bajados.

Maigret se encontró con el inspector Machère en las proximidades de la casa de los flamencos, conversando con unos marineros, a los que dejó al ver al comisario.

—¿Qué le han contado?

—Les estaba hablando del Estrella Polar… Creen recordar que el tres de enero el patrón salió del Café des Mariniers hacia las ocho y que, como todas las tardes, estaba borracho… A estas horas duerme todavía… Acabo de subir a su barco y ni siquiera me ha oído…

Tras los cristales de la tienda se podía ver la cabeza de cabello blanco de la señora Peeters, que observaba a los policías.

La conversación era deshilvanada. Los dos hombres miraban alrededor, sin fijarse en nada en particular.

Por un lado, el río, con las presas rebosantes, que arrastraba restos a una velocidad de nueve kilómetros por hora.

Por el otro, la casa.

—Hay dos entradas —dijo Machère—. La que vernos y otra tras el edificio… En el patio hay un pozo… —se apresuró a añadir—: Lo he sondeado… Creo que lo he registrado todo… A pesar de lo cual, no sé por qué, tengo la impresión de que el cadáver no ha sido arrojado al Meuse… ¿Qué hacía ese pañuelo de mujer en el tejado…?

—¿Sabía usted que han encontrado al motorista?

—Me lo han comunicado. Pero eso no demuestra que Joseph Peeters no estuviera aquí aquella tarde…

¡Evidentemente! ¡No había ninguna prueba, ni en favor ni en contra! ¡No había ni siquiera un testigo fiable!

Germaine Piedboeuf había entrado en la tienda hacia las ocho. Según los flamencos había salido algunos minutos más tarde, pero nadie la había visto.

¡Eso era todo!

Los Piedboeuf los acusaban y les pedían una indemnización de trescientos mil francos.

Dos mujeres de bateleros entraron en la tienda y el timbre sonó.

—¿Cree todavía, comisario…?

—¡No creo nada, amigo! Hasta luego…

Y entró a su vez en la tienda. Las dos clientes se hicieron a un lado, para dejarle sitio. La señora Peeters gritó:

—¡Anna! —Se apresuró a abrir la puerta de cristal de la cocina y dijo—: Entre, señor comisario… Anna vendrá enseguida… Está arreglando las habitaciones…

Volvió a ocuparse de sus clientes, y el comisario, atravesando la cocina, se adentró en el pasillo y empezó a subir lentamente la escalera.

Anna no debía de haberla oído. A Maigret le llegaron ruidos desde una habitación, cuya puerta estaba abierta, y de pronto vio a la muchacha, con un pañuelo anudado a la cabeza, ocupada en cepillar un pantalón de hombre.

Ella, a su vez, vio al visitante por el espejo y, volviéndose rápidamente, dejó caer el cepillo.

—¿Estaba usted ahí?

Era la misma de siempre, pero vestida de forma desaliñada. Seguía teniendo ese aspecto de joven bien educada, algo distante.

—Perdone… Me han dicho que estaba usted aquí arriba… ¿Es la habitación de su hermano…?

—Sí… Se ha marchado esta mañana a primera hora… El examen es muy duro… Quiere obtener una nota excelente, como en los anteriores…

Sobre un baúl, un gran retrato de Marguerite van de Weert, en traje claro, tocada con un sombrero de paja de Italia.

La joven había escrito, con letra alargada y puntiaguda, el comienzo de la «Canción de Solveig»:

El invierno puede irse.
La primavera bien amada
puede desaparecer…

Maigret tenía el retrato en la mano. Anna lo miraba con insistencia, incluso con un poco de desconfianza, como si temiera una sonrisa.

—Son los versos de Ibsen —dijo.

—Sí, lo sé…

Y Maigret recitó el final del poema:

Yo te espero aquí,
¡oh, mi querido novio!,
hasta mi último día…

Estuvo a punto de sonreír, porque miraba el pantalón que Anna no había soltado.

Era inesperado, absurdo y enternecedor esos versos heroicos en el cuadro sombrío de una habitación de estudiante.

Joseph Peeters, larguirucho y delgado, mal trajeado, con su cabello rubio que el fijador no lograba dominar, su nariz desproporcionada, sus ojos de miope…

¡oh, mi querido novio…!

¡Y este retrato de provincianita, de una lindeza vaporosa!

No era ese el marco prestigioso del drama de Ibsen. ¡Ella no pedía la fe a las estrellas! Como burguesa que era, copiaba los versos al pie de un retrato.

Yo te espero aquí.

¡Y realmente lo había esperado! ¡A pesar de Germaine Piedboeuf! ¡A pesar del niño! ¡A pesar de los años!

Maigret percibió una vaga incomodidad. Miró la mesa cubierta de un cartapacio verde, con un tintero de cobre, que debía de ser un regalo, y un portaplumas de baquelita.

Maquinalmente abrió uno de los cajones de la cómoda y vio, en una caja de cartón sin tapa, fotografías de aficionado.

—Mi hermano tiene una cámara.

Jóvenes con gorras de estudiantes… Joseph en moto, con la mano sobre la manilla del acelerador como si estuviera a punto de salir de manera fulminante… Anna, al piano… Otra joven, más menuda, más triste…

—Es mi hermana Maria.

Y, de pronto, un pequeño retrato de pasaporte, siniestro, como todos los retratos de esa clase, debido al contraste brutal entre los blancos y los negros.

Una joven, tan frágil, tan menuda que parecía una chiquilla. Grandes ojos, que le llenaban toda la cara. Llevaba un sombrero ridículo, y parecía mirar a la cámara con temor.

—Germaine, ¿verdad?

Su hijo se le parecía.

—¿Estaba enferma?

—Tuvo tuberculosis. No tenía muy buena salud.

¡Anna sí que tenía! Alta y bien formada, gozaba sobre todo de un equilibrio físico y anímico desconcertante. Al fin, puso el pantalón sobre la cama, cubierta de una colcha.

—Vengo de la casa de ella…

—¿Qué le han dicho…? Han debido…

—Solo he visto a una comadrona… y al pequeño…

Ella no preguntó nada, por pudor. Había algo de discreto en su actitud.

—¿La habitación de usted está al lado?

—Sí… Mi habitación, que es también la de mi hermana.

Una puerta comunicaba con otra estancia. El comisario la abrió. La otra habitación era más luminosa, pues las ventanas daban al muelle. La cama estaba ya hecha. No había el más ligero desorden, ni ropa sobre los muebles.

Tann solo dos camisones bien doblados sobre las almohadas.

—¿Tiene usted veinticinco años?

—Veintiséis.

Maigret quería hacerle una pregunta. pero no sabía cómo plantearla.

—¿Nunca ha estado prometida?

—Nunca.

Pero no era eso exactamente lo que deseaba preguntarle. Lo impresionaba; sobre todo ahora que veía su habitación. Lo impresionaba a la manera de una estatua enigmática. Y se preguntaba si esa carne sin encanto habría vibrado ya, si era algo más que una hermana devota, una hija modelo, una mujer de su casa, una Peeters; en fin, si, bajo esas apariencias, ¡había una mujer!

Ella no apartó la mirada. No se ocultaba. Debió de darse cuenta de que él observaba su figura, sus rasgos, pero no se estremeció lo más mínimo.

—No vemos a nadie, salvo a nuestros primos los Van de Weert…

Maigret dudó, y su voz no era del todo natural cuando dijo:

—Voy a pedirle que se preste a una prueba… ¿Quiere bajar al comedor y tocar el piano hasta que yo la llame…? Si fuera posible, la misma pieza que tocaba el tres de enero… ¿Quién tocaba?

—Marguerite… Canta mientras toca… Ha tomado lecciones de canto…

—¿Recuerda qué estaba tocando?

—Siempre la misma… La «Canción de Solveig»… Pero… Yo… No comprendo…

—Es una simple prueba…

Salió, andando hacia atrás, y quiso cerrar la puerta.

—¡No! Déjela abierta.

Un momento después, los dedos corrían negligente-
mente por el piano, desgranando los acordes apenas encade-
nados. Y Maigret, sin perder tiempo, abrió los armarios de
la habitación de las dos muchachas.

El primero era el armario de la ropa blanca. Pilas regula-
res de camisas, pantalones, enaguas bien planchadas…

Los acordes se sucedían. Se reconocía el temperamento.
Y los gruesos dedos de Maigret iban y venían entre la ropa
de tela blanca.

Un testigo lo habría tomado, sin duda, por un enamorado o, aún mejor, por un hombre que estuviera saciando
alguna pasión oculta.

Ropa gruesa, sólida, irrompible, sin coquetería. Debía
de estar mezclada la de las dos hermanas.

Luego le tocó a un cajón: medias, ligas, cajas de horqui-
llas para el cabello… Nada de polvos… Nada de perfumes,
salvo un frasco de agua de colonia rusa, que solo debía de
usarse en las grandes ocasiones…

El sonido se intensificaba… La casa estaba llena de música… Y, poco a poco, una voz acompañaba al piano, co-
brando protagonismo:

Yo te espero aquí,
¡oh, mi querido novio…!

¡Y no era Marguerite la que cantaba! ¡Era Anna Peeters!
Pronunciaba todas las sílabas, remarcando con nostalgia de-
terminadas frases.

Los dedos de Maigret seguían buscando. Palpaban los
tejidos.

En un montón de ropa notó al tacto algo que no era tela, sino papel.

Otro retrato más. Un retrato de aficionado, en color sepia. Un joven, con el cabello rizado, de rasgos finos, con el labio superior un poco avanzado en una sonrisa confiada, un tanto irónica.

Maigret no sabía qué le recordaba. Pero le recordaba algo.

Hasta mi último día...

Una voz grave, casi masculina, que se apagaba lentamente. Después, una llamada:

—¿Debo continuar, señor comisario?

Cerró las puertas de los armarios, se metió la fotografía en un bolsillo de la chaqueta y entró rápidamente en la habitación de Joseph Peeters.

—No es necesario.

Maigret se dio cuenta de que Anna estaba más pálida a su regreso. ¿Acaso había cantado con demasiada emoción? Su mirada recorría la habitación, sin encontrar en ella nada anormal.

—No entiendo... Querría preguntarle algo, señor comisario. Ayer vio usted a Joseph... ¿Qué opina de él...? ¿Lo cree capaz...?

Se había quitado, abajo sin duda, el pañuelo que cubría su cabeza. Maigret tuvo la impresión de que incluso se había lavado las manos.

—¡Es necesario, lo comprende, es necesario —continuó ella— que todo el mundo reconozca su inocencia...! Tiene que ser feliz...

—¿Con Marguerite van de Weert?

Ella no dijo nada. Suspiró.

—¿Qué edad tiene su hermana Maria?

—Veintiocho años… Todo el mundo está de acuerdo en que llegará a ser directora de la escuela de Namur…

Maigret palpaba el retrato en su bolsillo.

—¿Tiene algún novio?

Y la respuesta rápida de ella:

—¿Maria?

Lo que significaba: «¿Maria un novio…? ¡Usted no la conoce…!».

—¡Voy a continuar con mi investigación! —dijo Maigret, dirigiéndose al descansillo.

—¿Ha obtenido ya resultados?

—No lo sé.

Lo siguió por la escalera. Al atravesar la cocina vio al viejo Peeters, que había ocupado su sitio en su sillón y que no debió de verlo.

—Ya no se da cuenta de nada —dijo Anna con un suspiro.

En la tienda había tres o cuatro personas. La señora Peeters servía ginebra en los vasos. Saludó, inclinando el busto, sin dejar la botella, y siguió hablando en flamenco.

Debía de estar explicando que el visitante era el comisario venido de París, pues los marineros se volvieron hacia Maigret con respeto.

Fuera, el inspector Machère se hallaba ocupado en examinar un trozo de terreno en el que el suelo no estaba tan firme como en otros sitios.

—¿Algo nuevo? —preguntó el comisario.

—¡No lo sé! ¡Sigo buscando el cadáver! Porque, mientras no lo encontremos, será imposible acusar de nada a esa gente…

Y se volvió hacia el Meuse como señalando que el cuerpo no había desaparecido por allí.

4

El retrato

Era un poco más de mediodía. Quizá fuera la cuarta vez, en la mañana, que Maigret se paseaba por la orilla. Del otro lado del Meuse se alzaba un gran muro de una fábrica, pintado de cal, con una entrada por la que salían docenas de obreros y obreras a pie o en bicicleta.

El encuentro tuvo lugar cien metros antes de llegar al puente. El comisario se cruzó con uno, lo miró a la cara, y cuando se volvió enseguida vio que el otro también se había vuelto.

Era el original del retrato que había encontrado entre la ropa de Anna.

Hubo un breve titubeo. Y fue el muchacho el que dio un paso en dirección de Maigret.

—Es usted el policía de París, ¿verdad?

—¿Y usted es Gérard Piedboeuf?

«El policía de París». Era la quinta o sexta vez que lo habían llamado de esa manera aquella mañana. Y entendía el matiz que se les daba a esas palabras. Su colega Machère, de Nancy, era el encargado de la investigación, poco más. Se le veía ir y venir, y, cuando creían saber algo, corrían a decírselo.

Maigret era «el policía de París», traído por los flamencos, venido expresamente para eliminar cualquier sospecha contra ellos. Y, cuando iba por la calle, la gente que lo conocía lo seguía con la mirada, sin ninguna simpatía.

—¿Viene usted de mi casa?

—He estado allí esta mañana temprano, y solo he visto a su sobrino…

Gérard no tenía, desde luego, la edad del retrato. Aunque su cuerpo era todavía el de un muchacho muy joven, y también su manera de peinarse y de vestirse, de cerca se veía que había pasado ya de los veinticinco años.

—¿Quiere hablar conmigo?

Desde luego, no pecaba precisamente de timidez. Ni una vez apartó la vista. Tenía los ojos castaños, muy brillantes, ojos que debían de gustar a las mujeres, tanto, por lo menos, como su piel mate y sus labios bien perfilados.

—¡Bueno…! Apenas si he comenzado mis investigaciones…

—¡Por cuenta de los Peeters! Lo sé. Todo el mundo lo sabe. Se sabía incluso antes de su llegada… Es usted amigo de la familia, y está seguro de…

—¡De nada en absoluto! ¡Ah!, su padre ya se ha levantado…

Ya se veía la pequeña casa. En el primer piso, habían subido el estor y se adivinaba la silueta de un hombre de grandes bigotes grises que miraba a través de los cristales.

—¡Ya nos ha visto! —exclamó Gérard—. Va a vestirse…

—¿Conoce usted personalmente a los Peeters?

Iban caminando a lo largo del muelle, dando la vuelta

cada vez que llegaban a un bolardo situado a unos cien metros de la tienda. El aire era fresco. Gérard llevaba un abrigo demasiado fino, pero cuyo corte, muy ajustado, debía de gustarle.

—¿Qué quiere decir?

—Hace tres años que su hermana es la amante de Joseph Peeters. ¿Iba ella a casa de él?

El otro se encogió de hombros.

—¡Si tuviéramos que entrar en todos esos detalles…! Sí es cierto que, un poco antes del nacimiento del niño, Joseph juró que se casaría con ella… Después, llegó el doctor Van de Weert, de parte de los Peeters, a fin de ofrecernos diez mil francos para que mi hermana se fuera del país y no volviera más… La primera salida de Germaine, tras recuperarse del parto, fue para que los Peeters conocieran al niño… Una escena terrible, pues no querían dejarla entrar y la vieja la trató de prostituta… Por fin, la situación se calmó… Joseph le prometió de nuevo que se casaría con ella… Pero que antes quería terminar sus estudios…

—¿Y usted?

—¿Yo?

Fingió no comprender. Pero enseguida cambió de opinión, y esbozó una sonrisa vanidosa e irónica.

—¿Le han contado algo?

Maigret, sin dejar de caminar a lo largo del muelle, sacó del bolsillo la pequeña fotografía y se la enseñó a su acompañante.

—¡Esto, por ejemplo! ¡Y me pregunto si la cosa dura todavía…!

Gérard quiso cogérsela, pero el comisario la metió en su cartera.

—¿Ha sido ella la que…? ¡No! Es imposible… Es demasiado orgullosa para eso… ¡Al menos, ahora…!

Durante toda la conversación, Maigret no dejaba de observar a su acompañante. ¿Estaría tuberculoso como su hermana y, sin duda, como el hijo de Joseph? ¡No era seguro! Pero tenía esa seducción de algunos enfermos tísicos: rasgos finos, una piel transparente, labios sensuales y burlones, todo junto.

Su elegancia era la de un humilde empleado, en cuyo abrigo beis había creído un deber ponerse un brazalete negro.

—¿Intentó usted seducirla?

—Es una vieja historia… Mi hermana aún no tenía al niño. Hace por lo menos cuatro años…

—Continúe…

—Mi padre acaba de echar un vistazo a la calle…

—No importa, continúe…

—Fue un domingo… Germaine iba a visitar las grutas de Rochefort con Joseph Peeters… En el último momento me pidieron que fuera, porque una de las hermanas de Joseph también iba… Las grutas están a unos veinticinco kilómetros de aquí… Comimos sobre la hierba… Yo estaba muy alegre… Después, las dos parejas nos separamos para pasear por el bosque…

Maigret no dejaba de mirarle, sin exteriorizar sus pensamientos.

—¿Y luego?

—Pues bien, sí… —Y Gérard sonrió con fatuidad y malicia—. No puedo decirle cómo sucedió… No tengo costumbre de alargar demasiado las cosas en el tiempo… Ella no se lo esperaba y…

Maigret le puso la mano en el hombro y preguntó lentamente:

—¿Es verdad eso?

¡Y comprendió que era verdad! Anna, en aquel tiempo, tenía veintiún años…

—¿Y después?

—¡Nada! Es demasiado fea… Al volver, en el tren, me miraba fijamente a los ojos y me di cuenta de que lo mejor era no volver a verla…

—¿No ha intentado ella…?

—¡En absoluto! Me las arreglé para evitarlo. Anna comprendió que no debía insistir… Solo que, cuando nos cruzamos en la calle, tengo la impresión de que sus ojos son dos revólveres…

Se acercaban al anciano Piedboeuf, que, sin el falso cuello, con sus pantuflas de paño, esperaba a los hombres.

—Me han dicho que vino usted esta mañana… Entre, se lo ruego… ¿Le has contado al comisario, Gérard…?

Maigret subió por la estrecha escalera, cuyos escalones de madera blanca no parecían muy sólidos. La misma habitación servía de cocina, de comedor y de salón. Era pobre y sucia. La mesa estaba cubierta con un hule de dibujos azules.

—¿Quién la habrá matado…? —soltó brutalmente Piedboeuf, al que se le notaba una inteligencia mediocre—. Aquel día se fue diciendo que no había recibido todavía su mensualidad y tampoco noticias de Joseph.

—¿Su mensualidad?

—¡Sí! Le daba cien francos al mes, para los gastos del niño… Era lo menos que…

Gérard, al ver que su padre iba a comenzar de nuevo con sus eternas lamentaciones, lo interrumpió:

—¡Eso no le interesa al comisario! ¡Lo que él quiere son hechos, pruebas! Pues bien, yo tengo una prueba de que Joseph, que dice no haber venido a Givet aquel día, estuvo aquí… Llegó en moto y…

—¿Se refiere al testigo…? Ya no sirve… Hay otro motorista que se ha presentado, afirmando que fue él quien pasó por el muelle un poco después de las ocho…

—¡Ah…! —Y añadió en tono agresivo—: ¿Está usted en nuestra contra?

—¡No estoy con nadie! ¡No estoy contra nadie! Busco la verdad.

Gérard le dijo a su padre en voz alta, en son de burla:

—El comisario solo ha venido aquí para intentar cogernos en falta… Perdone, comisario, pero tengo que comer… ¡Debo ganarme la vida, y mi oficina abre a las dos…!

¿Para qué discutir más? Maigret echó un vistazo alrededor, vio la cunita del niño en la habitación vecina y se dirigió hacia la puerta.

Machère le esperaba en el Hotel del Meuse. Los viajantes de comercio comían en una pequeña sala, separada del café por una puerta vidriera.

Pero en el mismo café se podía tomar un bocadillo, sin mantel, y varias personas se hallaban sentadas a las mesas.

Machère no estaba solo. Un hombrecillo de espaldas

tremendamente anchas, con brazos larguísimos, de joro-
bado, que bebía el aperitivo en la misma mesa que el inspector, se levantó al ver al comisario.

—¡El patrón del Estrella Polar! —anunció Machère, que
estaba muy animado—. Gustave Cassin…

Maigret se sentó. Un vistazo a los platillos le reveló que
sus interlocutores iban ya por el tercer aperitivo.

—Cassin tiene algo que contarle…

¡El hombre estaba impaciente por hablar! Apenas se había callado Machère, cuando empezó, inclinándose con aires de importancia sobre el hombro del comisario:

—Es necesario decir lo que hay que decir, ¿no es verdad…? Solo que no hay que decirlo hasta que no le piden a
uno que lo diga… Como repetía mi difunto padre: ¡no ex-
tremar el celo!

—¡Una caña! —pidió Maigret al camarero que se acercaba.

Se echó el bombín hacia atrás y se desabrochó el abrigo. Después, mientras el marinero buscaba las palabras,
refunfuñó:

—Si no me equivoco, la tarde del tres de enero estaba
usted completamente borracho…

—¡No es verdad que estuviera completamente borracho…! Me había tomado algunos tragos; pero me sostenía
de pie… Y vi lo que vi…

—¿Vio una moto que llegaba y se detenía ante la casa de
los flamencos?

—¿Yo…? ¡En absoluto!

Machère hacía señas a Maigret para que no le interrum-
piese, y a su vez animaba a Cassin con gestos.

—Vi a una mujer en el muelle… Y le voy a decir cuál… Una de las dos hermanas que nunca está en la tienda y que toma el tren todos los días…

—¿Maria?

—Puede que se llame así, no lo sé… Una delgada, con el pelo rubio… Pues bien, no me pareció normal que estuviera allí fuera, con un viento que hacía crujir las amarras de los barcos…

—¿A qué hora?

—Cuando volvía para acostarme… Quizá hacia las ocho… Quizá un poco más tarde…

—¿Ella le vio?

—¡No! En lugar de seguir mi camino, me metí en el depósito de la aduana, pues pensé que esperaba a algún novio, y quería divertirme…

—¡En efecto! Ya ha estado usted condenado dos veces por acoso sexual…

Cassin sonrió, dejando al descubierto toda una hilera de dientes podridos. Era un hombre sin edad, con el cabello todavía oscuro que le caía por la frente y con la cara toda arrugada.

Le preocupaba el efecto que producían por sus palabras, y cada vez que decía una frase miraba primero a Maigret, después al inspector Machère y luego a un cliente que estaba tras él y que escuchaba la conversación.

—¡Continúe!

—No esperaba a ningún novio.

Se notaba que dudaba. Apuró de un trago su vaso, y gritó al camarero:

—¡Lo mismo! —Y continuó, sin aliento—: Se la veía

acechante… Durante ese tiempo, salió gente de la tienda, pero no por la puerta principal, sino por la puerta trasera… Llevaban algo largo y lo tiraron al Meuse, precisamente entre mi barco y el de Los Dos Hermanos, que está amarrado detrás del mío…

—¿Cuánto es?—le preguntó Maigret, levantándose, al camarero.

No parecía asombrado. A Machère se le veía confundido. En cuanto al marinero, no sabía qué pensar.

—Venga conmigo.

—¿Adónde?

—¡No pregunte, venga!

—Estoy esperando la bebida que he pedido…

Maigret esperó, paciente. Le dijo al dueño del café que volvería para comer unos minutos más tarde y se llevó al borracho hacia el muelle.

Era la hora en el que este se hallaba desierto, pues todo el mundo estaba comiendo. Empezaban a caer gruesas gotas de lluvia.

—¿En qué lugar se encontraba usted? —preguntó el comisario.

Conocía el edificio de la aduana. Vio a Cassin acurrucarse en un rincón.

—¿No se movió usted de ahí?

—¡Por supuesto que no! ¡No quería mezclarme en esa historia!

—¡Déjeme su sitio!

Maigret estuvo allí solo algunos segundos y dijo, mirando al hombre de frente:

—¡Tendrá que dar con algo más, amigo mío!

—¿Cómo que con algo más?

—Digo que su historia no tiene ni pies ni cabeza. Desde este sitio, no puede ver ni la tienda ni el espacio de río delimitado por los dos barcos.

—Cuando digo que estaba aquí, quiero decir…

—¡Le digo que no! ¡Ya está bien! ¡Le repito que tendrá usted que dar con algo más! Venga a verme cuando lo haya encontrado. Y, si no me resulta creíble, me parece que tendré que encerrarlo de nuevo…

Machère no estaba seguro de haber oído bien. Molesto por su fracaso, se había apoyado también contra la pared y comprobaba las afirmaciones del comisario.

—¡Evidentemente…! —masculló.

Por su parte, el marinero no intentó defenderse. Había bajado la cabeza. Se adivinaba una mirada irónica y perversa fija en los pies de Maigret.

—No olvides lo que acabo de decirle: otra historia y más creíble… ¡Si no, a la cárcel…! Vamos, Machère…

Maigret se volvió, dirigiéndose hacia el puente, al tiempo que llenaba la pipa.

—¿Cree que ese marinero…?

—Creo que esta tarde o mañana vendrá a traernos una nueva prueba de la culpabilidad de los Peeters…

El inspector Machère no daba pie con bola.

—No lo entiendo… Si tiene una prueba…

—La tendrá…

—Pero ¿cómo…?

—¿Y yo qué sé…? Algo encontrará…

—¿Para quedar fuera de toda sospecha…?

Pero el comisario zanjó la conversación murmurando:

—¿Tiene fuego…? Ya son veinte las cerillas que…

—¡No fumo!

Y Machère no estuvo muy seguro de haber oído lo siguiente:

—Tendría que haberlo supuesto.

5

La noche de Maigret

Había empezado a llover al mediodía. Al atardecer, la lluvia golpeaba con toda su fuerza en el suelo. A las ocho, diluviaba.

Las calles de Givet estaban desiertas. Las chalanas relucían a lo largo del muelle. Maigret, con el cuello subido, se dirigió hacia la casa de los flamencos, empujó la puerta, hizo sonar el timbre, que ya le era familiar, y respiró el cálido olor del almacén.

Era la hora en la que Germaine Piedboeuf había entrado en la tienda, el 3 de enero, y desde entonces nadie la había vuelto a ver.

El comisario se dio cuenta por primera vez que la cocina estaba separada del almacén solo por una puerta vidriera. Esta se hallaba cubierta con una cortinilla de tul, a pesar de lo cual se distinguían los contornos de las personas.

Alguien se levantó.

—¡No se moleste! —gritó Maigret.

Y entró en la cocina, entrometiéndose así en la vida cotidiana de aquella gente. Era la señora Peeters la que se había levantado para ir al almacén. Su marido estaba en su sillón de mimbre, siempre tan cerca de la estufa que se diría que acabaría prendiéndose fuego. En la mano tenía una pipa de espuma de largo cuello de cerezo. Pero no fumaba. Estaba con los ojos cerrados. Sus labios entreabiertos exhalaban una respiración cadenciosa.

Por su parte, Anna se hallaba sentada ante la mesa de madera blanca, que habían frotado con arena y que a pesar del paso de los años se mantenía brillante. Hacía sus cuentas en un pequeño cuaderno.

—Anna, conduce al comisario al comedor...

—¡Oh, no! —protestó él—. Yo solo quería entrar un instante...

—Deme su abrigo...

Maigret se dio cuenta de que la señora Peeters tenía una hermosa voz grave, profunda, cordial, que un ligero acento flamenco hacía todavía más sugestiva.

—¿Al menos tomará una taza de café?

Él quiso saber lo que hacía antes de su llegada. En su sitio vio las gafas, de montura de acero, y el periódico del día.

La respiración del viejo parecía pautar la vida de la casa. Anna cerró su pequeño cuaderno, puso una contera al lápiz, se levantó y fue a coger una taza de un estante.

—Perdone... —murmuró.

—Esperaba conocer a su hermana Maria.

La señora Peeters bajó la cabeza en un gesto de dolor. Anna explicó:

—No podrá verla durante algunos días, a menos que vaya a visitarla a Namur. Una de sus colegas, que vive también en Givet, ha venido hace un momento... Cuando Maria bajaba esta mañana del tren, se ha torcido un tobillo...

—¿Dónde está?

—En el colegio… Tiene derecho a una habitación…

La señora Peeters suspiraba, negando siempre con la cabeza.

—¡No sé lo que le habremos hecho a Dios!

—¿Y Joseph?

—No volverá antes del sábado… Claro que mañana es sábado…

—¿Su prima Marguerite no la ha visitado?

—¡No! La he visto en las vísperas…

Echó café hirviendo en la taza. La señora Peeters salió y volvió con una copita y una botella de ginebra.

—Es un viejo Schiedam.

Maigret se sentó. No esperaba averiguar nada nuevo. Quizá su misma presencia fuera en parte ajena al asunto.

La casa le hacía pensar en una investigación que había llevado a cabo en Holanda, aunque hubiera diferencias que era incapaz de definir. Pero había la misma calma, la misma pesadez del aire, la misma sensación de atmósfera densa, que constituye un cuerpo sólido que puede romperse si se mueve.

De cuando en cuando el mimbre del sillón crujía sin que el viejo se hubiera movido. Y su respiración llevaba el ritmo de la vida, la conservación.

Anna dijo algo en flamenco, y Maigret, que había aprendido algunas palabras en Delfzijl, entendió, poco más o menos:

—Deberías haber puesto un vaso más grande…

De vez en cuando pasaba por la calle un hombre calzado con zuecos. Se oía la lluvia golpear en el cristal del escaparate.

—Me dijo que llovía, ¿verdad? ¿Tanto como hoy…?

—Sí… Me parece…

Y las dos mujeres, sentadas de nuevo, lo miraban coger su vaso y llevárselo a los labios.

Anna no tenía los rasgos finos de su madre, ni su sonrisa bondadosa, llena de indulgencia. Como ya era costumbre en ella, no apartaba la vista de Maigret.

¿Se habría dado cuenta de que faltaba el retrato de su habitación? Seguro que no. Si no, se habría mostrado turbada.

—Hace treinta y cinco años que estamos aquí, señor comisario —dijo la señora Peeters—. Mi marido se estableció aquí como cestero, en la misma casa, a la que más tarde se le añadió un piso…

Maigret pensaba en otra cosa: en Anna cinco años más joven, acompañando a Gérard Piedboeuf a las grutas de Rochefort.

¿Qué la había empujado a echarse en brazos del muchacho? ¿Por qué se había entregado a él? ¿Cuáles habían sido sus pensamientos después…?

Maigret tenía la impresión de que era la única aventura amorosa de su vida, que no habría más…

Aquel ritmo de vida propio de aquella casa resultaba hechizante. A Maigret, la ginebra le provocaba un calor sordo en la cabeza. Percibía los más pequeños ruidos, los crujidos del sillón, el ronquido del viejo, las gotas de lluvia contra el alféizar de una ventana…

—¿Quiere tocarme otra vez la pieza de esta mañana…? —le dijo a Anna.

Y, como parecía que ella dudaba, su madre insistió:

—¡Naturalmente…! Toca bien, ¿verdad…? Tomó lecciones durante seis años, tres veces por semana, con el mejor profesor de Givet…

La joven salió de la cocina. Las dos puertas quedaron abiertas entre ella y el resto de la familia. La tapa del piano sonó.

Algunas notas perezosas, con la mano derecha.

—Debería cantar —dijo la señora Peeters—. Marguerite canta mejor… Incluso le propusieron ingresar en el conservatorio…

Las notas se desgranaban por la casa, vacía y sonora. El viejo no se despertó, y su mujer, inquieta por la pipa que se le podía caer, se la cogió delicadamente de la mano y la colgó de un clavo de la pared.

¿Qué hacía allí Maigret todavía? Ya no había nada que descubrir. La señora Peeters escuchaba, sin dejar de mirar el periódico, pero sin atreverse a cogerlo. Anna se acompañaba poco a poco con la mano izquierda. Se intuía que en aquella misma mesa era en la que Maria corregía los trabajos de sus alumnos.

¡Y eso era todo!

¡Salvo que la ciudad entera acusaba a los Peeters de haber matado a Germaine Piedboeuf en una tarde parecida!

Maigret se sobresaltó cuando oyó el tintineo de la campanilla de la tienda. Por un instante tuvo la sensación de que era él mismo tres semanas más joven y de que la amante de Joseph iba a entrar, reclamando el importe de su pensión, los cien francos que le daban todos los meses para el cuidado del niño.

Era un marinero vestido con su impermeable. Le tendió a la señora Peeters una botellita y ella se la llenó de ginebra.

—¡Ocho francos!

—¿Belgas?

—¡Franceses! Diez francos belgas…

Maigret se levantó y atravesó la tienda.

—¿Ya se va?

—Volveré mañana.

Fuera vio al marinero, que regresaba a su barco. Se volvió hacia la casa. Con el escaparate iluminado, parecía un decorado de teatro, sobre todo debido a la música que seguía oyéndose dulce, sentimental.

¿No se oía también la voz de Anna?

… Pero volverás a mí,
¡oh, mi querido novio…!

Maigret chapoteaba en el barro, y la lluvia era tan intensa que se le apagó la pipa.

Ahora todo Givet era el que le producía el efecto de un decorado de teatro. Una vez el marinero entró en el barco, no se veía ni un alma fuera.

Tan solo la luz tamizada de algunas ventanas. Y el estruendo del Meuse crecido, que anulaba poco a poco el canto del piano.

Cuando hubo recorrido doscientos metros, pudo ver a la vez, al fondo de ese decorado, la casa de los flamencos y, en primer plano, la otra casa, la de los Piedboeuf.

No había luz en el piso. Pero el pasillo estaba iluminado. La comadrona debía de estar sola con el niño.

Maigret estaba malhumorado. Era raro en él tener, hasta este punto, la sensación de que sus esfuerzos resultaban inútiles.

En definitiva, ¿qué había ido a hacer allí? ¿Acaso no se trataba de un favor personal? La gente acusaba a los flamencos de haber matado a una joven. Pero ni siquiera estaban seguros de la muerte de esta.

¿Estaría tal vez, cansada de su desgraciada vida en Givet, en Bruselas, en Reims, en Nancy o en París, tomándose algo en cualquier cervecería, con nuevos amigos?

Y, aunque estuviera muerta, ¿la habían matado? Desesperada, al salir de la tienda, ¿no se habría visto atraída por el río burbujeante?

¡Ninguna prueba! ¡Ningún indicio! Machère, que se empleaba a fondo, no encontraría nada, de forma que un día u otro el juzgado decidiría archivar el caso.

Entonces ¿por qué se dejaba Maigret atraer por ese decorado extraño?

Precisamente, frente a él, al otro lado del Meuse, se hallaba la fábrica, cuyo patio estaba iluminado únicamente por una lámpara. Y, cerca de la verja, una garita con luz.

El viejo Piedboeuf ya había empezado su turno. ¿Qué hacía allí toda la noche?

Y de pronto, sin saber ciertamente por qué, el comisario, con las manos metidas en los bolsillos, se dirigió hacia el puente. En el café donde se había tomado un ponche por la mañana, una docena de marineros y patrones de remolcadores hablaban tan fuerte que se les oía desde el muelle. Pero no se detuvo.

El viento hacía vibrar los travesaños de acero del puente

que reemplazaba al puente de piedra, destruido durante la guerra.

Al otro lado del río, el muelle no estaba empedrado. Había que chapotear en el barro. Un perro que merodeaba por allí se pegó al muro blanqueado de cal.

En la verja, cerrada, había una pequeña puerta. Y, de pronto, Maigret vio a Piedboeuf, que acababa de acercar la cara al cristal de la garita.

—¡Buenas noches!

El hombre llevaba una vieja guerrera militar que había hecho teñir de negro. Él también fumaba en pipa. Y, en medio de la pieza, había una pequeña estufa, cuyo tubo, después de dos codos, se metía por la pared.

—¿No sabe que no tiene derecho…?

—¿De entrar aquí por la noche? ¡Bueno!

Un banco de madera. Una silla con el asiento de paja. El abrigo de Maigret empezaba a humear.

—¿Pasa toda la noche en esta pieza?

—¡Discúlpeme! Tengo que hacer tres rondas por los patios y los talleres.

De lejos, sus grandes bigotes grises podían impresionar. De cerca, era un buen hombre, tímido, dispuesto a replegarse sobre sí mismo, y que era sumamente consciente de su condición humilde. Maigret lo impresionaba. No sabía qué decirle.

—Vamos, que vive siempre solo… Por la noche, aquí… Por la mañana, en la cama… ¿Y por la tarde…?

—¡Cuido del jardín!

—¿El de la comadrona?

—Sí… Nos repartimos las hortalizas…

Maigret se fijó en unas formas redondas entre la ceniza. Hurgó con la punta de las tenacillas y descubrió unas patatas sin pelar. Comprendió. Imaginó al pobre hombre, solo, en mitad de la noche, comiendo patatas y mirando al vacío.

—¿Su hijo no viene nunca a verle a la fábrica?

—¡Nunca!

Allí también caían gotas de agua ante la puerta, dando una cadencia irregular a la vida.

—¿Cree de verdad que su hija ha sido asesinada?

El hombre no contestó enseguida. No sabía dónde mirar.

—Desde el momento en que Gérard… —Y, de pronto, con un sollozo que le salió del fondo de la garganta—: No habría muerto… No se habría ido…

Era una tragedia inesperada. El hombre llenó maquinalmente su pipa.

—Si yo no creyera que esa gente…

—¿Conoce bien a Joseph Peeters?

Piedboeuf volvió la cabeza.

—Yo sabía que no se casaría con ella… Son gente rica… Y nosotros…

Había un hermoso reloj de pared eléctrico, único lujo de aquel refugio. Enfrente, un encerado, en el que se había escrito con tiza: «No puestos vacantes».

Por último, cerca de la puerta, un complicado aparato para registrar, con ayuda de una rueda enorme, la entrada y salida del personal.

—Es la hora de la ronda…

Maigret estuvo a punto de proponerle acompañarlo, para adentrarse más en la vida de aquel hombre. Piedboeuf se puso un impermeable enorme que le llegaba hasta los talones y cogió de un rincón un quinqué encendido, al que solo había que alargar la mecha.

—Lo que no entiendo es por qué se muestra usted hostil con nosotros… Tal vez sea normal, después de todo… Gérard dice que…

Pero la lluvia los interrumpió, pues habían llegado al patio. Piedboeuf condujo a su visitante hasta la verja que iba a cerrar antes de hacer la ronda.

Una sorpresa más para el comisario. Desde allí, se divisaba un paisaje cortado en trozos iguales por las vigas de hierro: las chalanas amarradas al otro lado del río, la casa de los flamencos y su escaparate iluminado, el muelle, donde las farolas dibujaban, de cincuenta en cincuenta metros, círculos de luz.

Se veía muy bien el edificio de la aduana, el café de los marineros…

Y sobre todo se veía el ángulo de la callejuela, en la que la segunda casa a la izquierda era la de los Piedboeuf.

El 3 de enero…

—¿Hace mucho tiempo que murió su mujer?

—Hará doce años el mes que viene… Estaba mal del pecho…

—¿Qué hace Gérard a estas horas?

El quinqué se balanceaba en el extremo del brazo del guardián. Había introducido ya una gruesa llave en la cerradura. Un tren silbaba a lo lejos.

—Debe de estar en la ciudad…

—¿No sabe dónde exactamente?

—¡Los jóvenes se reúnen sobre todo en el Café de la Mairie!

Y Maigret se adentró de nuevo en la lluvia, en la oscuridad. Aquello no era una investigación. No tenía ningún punto de partida, ninguna base.

Solo había un puñado de seres humanos que seguían cada uno con su vida, en la pequeña ciudad, barrida por el viento.

¿Serían todos sinceros? Quizá alguno ocultara un alma atormentada, espantada hasta el paroxismo, pensando en la pesada silueta que rondaba esa noche por las calles.

Maigret pasó por delante de su hotel sin entrar. A través de los cristales, divisó al inspector Machère, que peroraba en medio de un grupo, del que formaba parte el dueño del local. Aquella debía de ser la cuarta o quinta ronda de copas. El dueño acababa de pagar la suya.

Machère, muy animado, gesticulaba y debía de decir:

—¡Estos comisarios que vienen de París se figuran…!

¡Y hablaban de los flamencos! ¡Los estaban despedazando!

Al final de una calle estrecha, una plaza espaciosa. En una esquina, un café con un expositor blanco, con los tres escaparates iluminados: Café de la Mairie.

Un rumor lo recibía a uno desde que se abría la puerta. Un mostrador de cinc. Mesas. Jugadores de cartas ante los tapetes rojos. Humareda de pipas y cigarrillos y un acre olor a cerveza tibia.

—¡Dos cañas, dos!

El ruido de las fichas sobre el mármol de la caja. El delantal blanco del camarero.

—¡Por aquí!

Maigret se sentó a la primera mesa que encontró y vio enseguida a Gérard Piedboeuf a través de uno de los espejos de la sala. Estaba muy animado, igual que Machère. Dejó de hablar al ver al comisario, y con el pie debió de tocar los de sus compañeros para avisarles de la presencia del policía.

Un compañero y dos compañeras. Estaban los cuatro a la misma mesa. Los jóvenes eran de la misma edad. Las mujeres eran, sin duda, obreras de la fábrica.

Todos se callaron. Los jugadores de cartas, en otras mesas, anunciaban sus apuestas a media voz, y las miradas estaban fijas en el recién llegado.

—¡Una caña!

Maigret encendió la pipa y puso su bombín goteante sobre la banqueta de hule oscuro.

—¡Una caña, una!

Gérard Piedboeuf esbozó una sonrisa irónica y malévola y masculló a media voz:

—El amigo de los flamencos…

También él había bebido. Sus pupilas estaban muy brillantes. Sus labios rojos hacían resaltar la palidez de su tez. Se le veía muy excitado. Observaba al auditorio. Buscaba algo que decir para deslumbrar a sus compañeras.

—Ya sabes, Ninie, cuando seas rica, no tendrás nada que temer de la policía…

Su amigo le dio un codazo para hacerlo callar, pero se excitó aún más.

—Pero bueno, ¿qué? ¿Acaso no puedo decir lo que pienso…? Insisto en que la policía está al servicio de los ricos, y si uno es pobre…

Estaba pálido. En el fondo, él mismo se había asustado de sus propias palabras, pero deseaba conservar el favor de los demás, admirados por su actitud.

Maigret, tras retirar la espuma que cubría su vaso, echó un buen trago de cerveza. Se oía a los jugadores murmurar, para romper el silencio:

—Escalera máxima…

—Póquer de jotas…

—¡Tuya!

—¡Corto!

Las dos jóvenes obreras, que no se atrevían a mirar directamente al comisario, se esforzaban para verlo a través del espejo.

—¡Parece como si en Francia fuera un crimen ser francés! Sobre todo, si además uno es pobre…

En la caja, el dueño frunció el ceño y se volvió hacia Maigret, que no lo miraba, con la esperanza de hacerle comprender que el muchacho estaba borracho.

—¡Picas…! ¡Y más picas…! ¡Vaya!, no os esperabais esto…

—¡Gente que ha ganado su dinero haciendo contrabando! —proseguía Gérard, con la intención de que lo oyera toda la sala—. ¡En Givet, todo el mundo lo sabe! Antes de la guerra con los puros y los encajes… Ahora, como el alcohol está prohibido en Bélgica, sirven ginebra a los marineros flamencos… Lo que les permite que su hijo estudie para abogado… ¡Ja! ¡Ja! ¡Lo necesitará para defenderse él mismo…!

Maigret seguía solo a su mesa, siendo el punto de mira de todos los clientes. No se había quitado el abrigo. Sus hombros relucían de lluvia.

El dueño del café estaba nervioso; preveía algún altercado. Se acercó al comisario.

—Le ruego que no haga caso… Ha bebido… Está dolido…

—¡Vámonos, Gérard! —dijo con temor la muchacha que estaba al lado del joven.

—¿Para que crea que le tengo miedo?

Seguía dándole la espalda a Maigret. Los dos se veían solamente a través de los espejos.

Los otros clientes jugaban solo para cubrir las apariencias, olvidando marcar los puntos en la pizarra.

—¡Anís, camarero…! ¡Hay que probarlo…!

El dueño estuvo a punto de negárselo, pero no se atrevió, sobre todo teniendo en cuenta que Maigret fingía no darse cuenta de nada.

—¡Una auténtica mierda…! ¡Eso es lo que es…! Esa gente seduce a nuestras hijas y las mata cuando ya no las quiere… Y la policía…

El comisario se imaginaba al viejo Piedboeuf, con su uniforme teñido, haciendo la ronda por los talleres, iluminándose con su quinqué y volviendo a su rincón calentito, para comer sus patatas.

Enfrente estaba la casa de los Piedboeuf: con la comadrona, que debía de haber acostado ya al niño y que esperaba la hora de acostarse ella, leyendo el periódico o haciendo punto…

Luego, más lejos, la tienda de los flamencos, el padre Peeters, al que despertaban y acompañaban hasta su habitación; la señora Peeters, que cerraba los postigos; Anna, sola, que se desnudaba en su cuarto…

Y las chalanas adormecidas en la corriente que tensaba las amarras y hacía crujir los timones y entrechocarse las canoas…

—¡Otra caña!

La voz de Maigret sonaba tranquila. Fumaba despacio, lanzando bocanadas de humo al techo.

—¡Como podéis ver, se burla de mí…! ¡Sí, se burla de mí…

El dueño estaba descompuesto, sin saber qué hacer. Sin duda habría un altercado.

Pues, tras sus últimas palabras, Gérard se había levantado, plantándose por fin ante Maigret. Tenía los rasgos tensos, los labios fruncidos por la cólera.

—¡Os digo que ha venido aquí solo para burlarse de nosotros…! ¡Miradlo…! Se ríe de nosotros porque yo me he tomado unos tragos… O, más bien, porque no tenemos dinero…

Maigret no se movió. ¡Aquello era increíble! Estaba tan inmóvil como el mármol de la mesa. Su mano sujetaba el vaso. Seguía fumando.

—¡Triunfo, diamantes! —dijo alguien de buena voluntad, con la esperanza de desviar la atención.

Y entonces Gérard cogió las cartas de la mesa del jugador y las lanzó por toda la sala.

De golpe, la mitad de los clientes se levantaron de las sillas, sin atreverse a avanzar todavía, pero dispuestos a intervenir.

Maigret seguía sentado. Maigret fumaba.

—Pero ¡miradlo…! ¡Se ríe de nosotros…! Sabe que mi hermana ha sido asesinada…

El dueño ya no sabía dónde meterse. Las dos jovencitas que estaban sentadas a la mesa de Gérard se miraban con espanto y habían calculado ya los pasos que las separaban de la puerta.

—¡No se atreve a decir nada…! ¡Como veis, no se atreve a abrir la boca…! ¡Tiene miedo…! ¡Sí, miedo de que la verdad estalle…!

—¡Le juro que ha bebido! —gritó el dueño, viendo que Maigret se levantaba.

¡Demasiado tarde! De todos, sin duda era Gérard el que debía de tener más miedo.

Aquella masa oscura y mojada que avanzaba hacia él…

Gérard hizo un rápido movimiento con la mano derecha introduciéndola en el bolsillo, y entonces se oyó un chillido de mujer.

El muchacho sacó un revólver del bolsillo. Pero la mano del comisario lo detuvo, al tiempo que, avanzando el pie, hacía caer a Gérard.

De cada tres clientes, uno solo se había dado cuenta de lo que pasaba. Pero ahora ya estaban todos de pie. El revólver se hallaba en la mano de Maigret. Gérard empezó a levantarse, con el semblante huraño, humillado por su fracaso.

Y, mientras el comisario se metía el arma en el bolsillo, con un gesto tan tranquilo como natural, el muchacho jadeó:

—Me va a detener, ¿eh?

Todavía no se había levantado del todo. Se incorporó con la ayuda de las manos. Resultaba patético.

—¡Ve a acostarte! —dijo lentamente Maigret—. Y, como el otro parecía no comprender, añadió—: ¡Abrid la puerta!

Una bocanada de aire fresco entró en la atmósfera agobiante. Maigret cogió a Gérard de un hombro y lo empujó hacia la acera.

—¡Ve a acostarte!

La puerta se cerró. Había una persona menos en la sala: Gérard Piedboeuf.

—¡Está completamente borracho…! —masculló Maigret, sentándose de nuevo ante su caña empezada.

Los clientes no sabían qué hacer. Algunos habían ocupado de nuevo sus sitios. Otros dudaban.

Entonces, Maigret, después de haber bebido un trago de cerveza, dijo:

—Esto no tiene importancia. —Y se dirigió a su vecino, que se quedó desconcertado al oír—: Había usted anunciado diamantes como triunfo…

6

El martillo

Aquella mañana, Maigret había decidido dormir hasta tarde, menos por pereza que por ociosidad. Eran las diez, aproximadamente, cuando lo despertaron de forma desagradable.

Primero golpearon con fuerza la puerta, lo cual detestaba por encima de todo.

Después, sus sentidos, todavía entorpecidos, percibieron el repiqueteo de la lluvia en el balcón.

—¿Quién es?

—Machère.

El inspector pronunció su nombre igual que habría emitido un triunfal toque de clarín.

—¡Entra…! Abre las cortinas…

Maigret, todavía acostado, vio entrar la luz opaca de un día feo. Abajo, un vendedor de pescado ensalzaba sus productos ante el dueño del hotel.

—¡Novedades…! Han llegado esta mañana en el primer correo.

—¡Espera un momento! ¿Quieres pedirles desde la escalera que me suban el desayuno, ya que no hay timbre de llamada…?

Y, sin salir de la cama, Maigret encendió una pipa que se encontraba llena al alcance de su mano.

—¿Noticias de quién?

—De Germaine Piedboeuf.

—¿Muerta?

—¡Todo lo muerta que puede estar!

Machère lo afirmó complacido, mientras sacaba del bolsillo una carta de cuatro páginas de gran tamaño y que llevaba los sellos administrativos.

Transmitido por el juzgado de Huy al Ministerio del Interior, en Bruselas.

Transmitido por el Ministerio del Interior a la Dirección General de Seguridad, en París.

Transmitido por la Dirección General de Seguridad a la Brigada Móvil de Nancy.

Transmitido al inspector Machère, en Givet…

—Resume, ¿quieres?

—Pues bien, en pocas palabras: han sacado su cuerpo del Meuse, en Huy, es decir, a un centenar de kilómetros de aquí. Hace ya cinco días… En ese momento, no pensaron en la solicitud de información que yo había pedido a la policía belga… Pero se lo voy a leer…

—¿Se puede entrar?

Era la sirvienta con el café y los cruasanes. Cuando desapareció, Machère prosiguió:

—«El veintiséis de enero de mil novecientos…».

—¡No, amigo! Ve al grano…

—Pues bien, parece cierto que ha sido asesinada. No se

trata de probabilidades, sino de una certeza material... Escuche: «El cuerpo, por lo que se puede apreciar, ha debido de permanecer en el agua durante tres semanas o un mes... Su estado de...».

—¡Resume! —refunfuñó Maigret, que estaba comiendo.

—«... descomposición...».

—¡Ya lo sé! ¡Las conclusiones! ¡Y, sobre todo, nada de descripciones!

—Hay una página entera...

—¿De qué?

—De descripciones... En fin, puesto que no quiere... No es definitivo aún... A pesar de todo, hay algo de lo que sí están seguros: de que Germaine Piedboeuf llevaba muerta mucho tiempo antes de que la tirarán al agua... El médico asegura que «dos o tres días antes...».

Maigret seguía mojando sus cruasanes en el café. Y, mientras comía, miraba el rectángulo de la ventana con tanta insistencia que Machère creyó que no lo escuchaba.

—¿No le interesa?

—Continúa.

—Está la relación detallada de la autopsia... ¿Quiere que...? ¿No...? Pues bien, me queda por decirle lo más interesante... El cráneo estaba completamente aplastado, y los médicos creen poder afirmar que la muerte fue debida a esta fractura, producida con un instrumento contundente, como un martillo o un mazo de hierro...

Maigret sacó una pierna de la cama y después la otra, luego se miró un momento en el espejo, antes de empezar a enjabonarse las mejillas con la ayuda de la brocha. Mien-

tras se afeitaba, el inspector Machère releía el informe ta-
quigráfico que tenía en las manos.

—¿Acaso no lo encuentra sorprendente? ¡No el martillazo…! Me refiero al hecho de que no hayan echado el cuerpo
al agua hasta dos o tres días después de la muerte… Tendré
que hacer otra visita a casa de los flamencos…

—¿Tienes la lista de la ropa que llevaba Germaine Piedboeuf?

—Sí… Escuche… Zapatos negros de cordones, bastante usados… Medias de hilo negro… Ropa interior de color
rosa, de mala calidad… Vestido de sarga negra, sin marca…

—¿Eso es todo? ¿Sin abrigo?

—¡Vaya!, pues es verdad…

—Era el tres de enero… Llovía… Hacía frío…

El rostro de Machère se ensombreció. Sin explicarse,
masculló:

—¡Evidentemente!

—Evidentemente ¿qué?

—No se llevaba tan bien con los Peeters para que estos
la invitaran a quitarse el abrigo… Por otra parte, no veo
por qué el asesino se lo quitaría… Entonces la habría des-
nudado por completo, con el fin de hacer la identificación
más difícil…

Maigret se puso a lavarse, haciendo mucho ruido, salpicando incluso al inspector, que se encontraba en medio de
la habitación.

—¿Lo saben ya los Piedboeuf?

—Todavía no… Pensaba que se encargaría usted de…

—¡Yo, de nada! ¡No estoy de servicio! ¡Haz como si estu-
vieras solo, amigo!

Buscó su pasador del cuello, acabó de vestirse y empujó a Machère hacia la puerta.

—Tengo que salir… Hasta luego…

No sabía adónde iba. Salía por salir o, más bien, por introducirse de nuevo en la atmósfera de la ciudad. La casualidad le hizo detenerse ante una placa de cobre que anunciaba: DOCTOR VAN DE WEERT. CONSULTA, DE DIEZ A DOCE.

Unos minutos más tarde le hacían pasar antes que a los tres pacientes que esperaban en la antesala. Se encontró en presencia de un hombrecillo con la piel sonrosada de un niño y el cabello del mismo blanco puro del de la señora Peeters.

—¿No habrá venido para nada desagradable, al menos?

Se frotaba las manos al hablar, y de toda su persona emanaba un sólido optimismo.

—Mi hija me ha dicho que había usted aceptado…

—Primero desearía hacerle una pregunta. ¿Se necesita mucha fuerza para aplastar un cráneo de mujer de un martillazo?

A Maigret, el azoramiento del hombrecillo, con una gruesa cadena de reloj que le cruzaba el vientre y que llevaba una chaqueta anticuada, le resultó divertido.

—¿Un cráneo…? ¿Y cómo puedo saberlo yo…? En Givet, nunca he tenido ocasión…

—¿Cree, por ejemplo, que una mujer tendría fuerza suficiente para algo así…?

Se le veía trastornado. Gesticulaba.

—¿Una mujer…? Pero ¡eso es una locura…! Cómo iba a pensar una mujer en…

—¿Es usted viudo, señor Van der Weert?

—¡Hace veinte años! Afortunadamente, mi hija…

—¿Qué opina de Joseph Peeters?

—Pues… ¡Es un excelente muchacho…! Me habría gustado que eligiera medicina, porque se habría quedado con mi consulta. Pero ¿qué le vamos a hacer, si está dotado para el derecho…? Es un sujeto notable…

—¿Y desde el punto de vista de la salud?

—¡Muy buena! ¡Muy buena! Un poco cansado por el exceso de trabajo y por el crecimiento…

—¿Los Peeters no tienen ninguna tara?

—¿Una tara?

Su aturdimiento era tal que se diría que era la primera vez que oía hablar de eso.

—¡Es usted desconcertante, comisario! ¡No comprendo! ¿Ha visto a mi prima? Parece estar hecha para vivir un siglo…

—¿La hija de usted también?

—Ella es más delicada… Le viene de su madre… Pero permítame que le ofrezca un puro…

Un verdadero flamenco, como se ve en las viñetas, anunciando una marca de ginebra; un flamenco, de labios sonrientes y ojos claros, proclamando la simplicidad de su alma.

—En resumen, la señorita Marguerite tenía que casarse con su primo.

Se rostro se ensombreció un poco.

—¡Evidentemente, un día u otro…! Sin este lamentable asunto…

Para él, ¡aquello tan solo resultaba lamentable!

—Personas que no han entendido que lo mejor para ellos era aceptar una pequeña pensión para el niño y, en lo posible, cambiar de pueblo… Yo creo, sobre todo, que el hermano es quien tiene malas intenciones…

¡No! ¡No se lo podía censurar por eso! Era sincero. Cándido, a fuerza de sinceridad.

—Sin contar con que nada demuestra que el niño sea de Joseph… Habría estado mucho mejor en un sanatorio, con su madre…

—En definitiva, su hija esperaba…

Y Van der Weert sonrió.

—Ella está enamorada de él desde los catorce o quince años… ¿No es acaso hermoso…? ¿Acaso debía yo oponerme…? ¿Tiene usted fuego…? Si quiere saber lo que pienso, le diré que no hay tal tragedia… La joven, que ha sido siempre un poco casquivana, se ha ido con un nuevo amigo a alguna parte… Y su hermano se ha aprovechado de ello para intentar sacar algo de dinero…

No pedía el parecer a Maigret. Estaba seguro de que su opinión era la correcta. Prestaba atención a los pequeños ruidos de la antesala, en la que los pacientes debían de impacientarse.

Entonces, el comisario, con voz tranquila, con la misma mirada inocente que su interlocutor, le hizo una última pregunta:

—¿Cree que la señorita Marguerite es amante de su sobrino?

Van de Weert estuvo a punto de indignarse. Su frente se puso roja. Pero lo que lo enfureció fue la tristeza que sintió ante tanta incomprensión.

—¿Marguerite…? ¡Está usted loco…! ¿Quién ha podido inventar algo así…? Marguerite es la… el…

Y Maigret, que sujetaba el picaporte de la puerta, se fue sin sonreír siquiera. La casa olía al mismo tiempo a farmacia y a cocina. A la criada, que abría la puerta a los pacientes, se la veía fresca como si hubiese salido de un baño caliente.

Pero fuera seguía la lluvia y el barro, y los camiones pasaban salpicando las aceras.

Era sábado. Joseph Peeters debía llegar al mediodía y pasar todo el domingo en Givet. En el Café des Mariniers se discutía acaloradamente, pues el Ministerio había anunciado que la navegación se había restablecido desde la frontera hasta Maastricht.

Solo que, debido a la fuerza de la corriente, los remolcadores pedían quince francos el kilómetro por tonelada, en lugar de diez. Además, se supo que un arco de puente, en Namur, estaba obstruido por una chalana cargada de piedra, a la que se le habían roto las amarras y se había colocado de través en el pilar.

—¿Ha habido muertos? —preguntó Maigret.

—La mujer y el hijo. ¡Cuando llegó a la orilla, el marinero, que había estado en la tasca, vio que su barco se había soltado!

Gérard Piedboeuf pasó en bicicleta, de vuelta de la oficina de la fábrica. Unos instantes más tarde, Machère volvió de casa de los flamencos, donde había ido a comunicar la noticia, llamó a la puerta de los Piedboeuf y se encontró frente a la comadrona, que lo recibió secamente.

—¿En qué consistió esa acusación de acoso sexual?

El interior de la mayoría de las chalanas es de una limpieza superior incluso a la de las casas. Pero no era el caso del Estrella Polar.

El marinero no tenía mujer. Lo ayudaba un chaval de unos veinte años que era algo lelo y que sufría de vez en cuando ataques de epilepsia.

La cabina olía a cuartel. El hombre estaba comiendo pan y salchichón, acompañados de un litro de vino tinto.

Estaba menos ebrio que de costumbre. Miraba a Maigret con desconfianza y permaneció un buen rato sin decidirse a hablar.

—No fue acoso… Yo me había acostado ya dos o tres veces con la muchacha… Una tarde, me la encuentro en el camino y, bajo pretexto de que he bebido, no quiere… Entonces le di un puñetazo… Gritó… Por casualidad pasaban por allí los gendarmes y tumbé a uno de un puñetazo…

—¿Cinco años?

—Estuve muy cerca de cumplirlos. Ella negó que hubiera tenido relaciones conmigo anteriormente… Algunos amigos suyos lo confirmaron ante el tribunal, pero sus testimonios no resultaron del todo creíbles… Si no le hubiera pegado al gendarme, que tuvo para quince días de hospital, no me habrían condenado a más de un año, incluso habrían sobreseído mi caso… —Mientras, cortaba el pan con una navaja—. ¿Quiere tomar algo…? Seguramente partiremos mañana… Esperamos a que el puente de Namur esté despejado.

—Dime por qué te inventaste la historia de la mujer que viste en el muelle.

—¿Yo?

Se tomó un tiempo para reflexionar, fingiendo comer con apetito.

—¡Confiesa que no viste nada!

Maigret sorprendió un destello burlón en los ojos de su interlocutor.

—¿Eso cree …? ¡Bueno…! ¡Sin duda tiene razón!

—¿Quién te pidió que hicieras esa declaración?

—¿A mí?

Y seguía riéndose. Escupió sobre la piel del salchichón.

—¿Dónde viste a Gérard Piedboeuf?

—¡Ah! Vaya…

Pero estaba ante un hombre tan tranquilo como él.

—¿Te dio alguna cosa?

—Pagó unas rondas… —Luego, bruscamente, con una risa silenciosa añadió—: ¡Solo que no es verdad! Dije eso para contentarlo… Si quiere que declare lo contrario al tribunal, no tiene más que decírmelo…

—¿Qué fue exactamente lo que viste?

—Si se lo dijera, no me creería.

—¡Dímelo de todas formas!

—Pues bien, vi a una mujer que esperaba… Después, a un hombre que llegó y ella se echó en sus brazos…

—¿Quiénes eran?

—¿Cómo iba a reconocerlos en la oscuridad?

—¿Dónde estabas?

—Volvía de la tasca…

—¿Y adónde fue la pareja? ¿A casa de los flamencos?

—¡No! Se fueron por detrás.

—¿Por detrás de qué?

—Detrás de la casa… Pero si desea que diga otra cosa… Estoy acostumbrado… ¿comprende…?. Se han contado tantas mentiras en mi proceso… Incluso mi abogado, que fue el más mentiroso de todos…

—¿Vas alguna vez a tomar algo a casa de los flamencos?

—¿Yo…? Se niegan a servirme, porque dicen que una vez les rompí la balanza, al dar un puñetazo encima… Lo que quieren son clientes que se emborrachen sin moverse y sin decir nada…

—¿Gérard Piedboeuf habló contigo?

—¿Qué le he dicho antes?

—Que te había pedido que dijeses…

—¡Pues bien! Eso es verdad… ¡Y juro por Dios que jamás le diré lo que sé porque odio a los polis, tanto a usted como a los otros…! Puede decírselo al juez… Juraré que usted me ha pegado y mostraré las señales en mi cuerpo… Lo que no me impide ofrecerle un vaso de tinto, si le apetece…

En ese mismo instante, Maigret, mirándolo a los ojos, le dijo secamente al tiempo que se levantaba:

—Enséñame tu barco.

¿Sorpresa? ¿Susto? ¿Simple contrariedad? Con la boca llena, Cassin esbozó una mueca.

—¿Qué quiere visitar?

—Un momento…

Maigret salió y volvió un instante después con un aduanero, con su impermeable reluciente de lluvia. El marinero se burló:

—Ya he pasado la revisión…

El comisario le dijo al aduanero:

—Usted está acostumbrado… Supongo que todos los barcos hacen, poco más o menos, contrabando…

—¡Poco más o menos!

—¿Dónde suelen esconder la mercancía?

—Depende... Antes la guardaban en cofres estancos, que amarraban debajo de los barcos... Ahora pasamos una cadena por la quilla, así ya no es posible... En el suelo también, algunas veces; es decir, entre el suelo y el fondo... Pero solemos hacer algunos agujeros con una enorme barrena que habrá visto en el muelle...

—¿Entonces?

—¡Espere...! ¿Cuál es tu cargamento...?

—Chatarra...

—Entonces sería muy largo... —refunfuñó el aduanero—. Habría que buscar por todas partes...

Maigret vigilaba la mirada del marinero. Esperaba un vistazo revelador hacia algún escondrijo. El hombre comía, sin apetito, por hacer algo. No estaba asustado. Por el contrario, seguía obstinadamente sentado.

—¡Levántate!

Esta vez obedeció de mala gana.

—¿Acaso no tengo derecho a estar sentado a mi casa?

En la silla había un cojín grasiento que Maigret cogió. Tres lados del cojín estaban cosidos con regularidad. El cuarto mostraba anchos pespuntes, que no habían sido hechos por una costurera.

—¡Muchas gracias! ¡Ya no lo necesito! —dijo el comisario al aduanero.

—¿Cree usted que lleva contrabando a bordo?

—Desde luego que no... Gracias...

Esperó a que, muy a pesar del funcionario, este se marchara.

—¿Qué es eso?

—¡Nada!

—¿Tienes por costumbre meter objetos tan duros en los cojines?

La costura fue cediendo, dejando ver una punta negra. Pronto Maigret desplegó un pequeño abrigo de sarga, todo arrugado, lleno de falsos pliegues.

Era la misma sarga descrita por el juzgado belga en su informe. Carecía de marca. Seguramente lo había confeccionado la misma Germaine Piedboeuf.

Pero este no era el objeto más interesante. En medio del paquete había un martillo con el mango pulido por el uso.

—Lo más gracioso —masculló el marinero— es que usted creerá lo que no es. ¡Yo no he hecho nada…! Saqué esas dos cosas del Meuse el cuatro de enero, a primera hora de la mañana…

—¡Y tuviste la gran idea de ponerlas a recaudo!

—¡Empiezo a tener esa costumbre! —replicó el hombre con aire satisfecho—. ¿Me va a detener?

—¿Es todo lo que tienes que decir?

—Que está usted equivocado…

—¿Piensas irte mañana?

—Si no me detiene, es probable.

Sin duda se llevó la mayor sorpresa de su vida al ver que Maigret, que se puso a envolver de nuevo el paquete con cuidado, lo metía debajo del abrigo y se marchaba sin decir palabra.

Lo vio alejarse bajo la lluvia, a lo largo del muelle, y pasar ante el aduanero, que lo saludó. El marinero descendió de nuevo a su cabina, rascándose la cabeza, y se sirvió de beber.

7

Un vacío de tres horas

Cuando Maigret llegó al hotel para comer, el dueño le dijo que el cartero le había llevado una carta certificada, pero que no había querido dejársela.

Esta fue como la señal dada a las mil pequeñas molestias que se unen para mortificar a un hombre. Al sentarse a la mesa, preguntó por su colega. Nadie lo había visto. Pidió que llamasen a su hotel. Le contestaron que hacía una media hora que había salido.

No era grave. Maigret no tenía autoridad para dar instrucciones a Machère. Pero le habría gustado sugerirle la idea de vigilar al marinero.

A las dos estaba en la estafeta, donde le entregaron la carta certificada. Un asunto absurdo: se trataba de unos muebles que había comprado y que se había negado a pagar, porque no correspondían a lo que había pedido. El proveedor le imponía un plazo límite para liquidar la deuda.

Necesitó una buena media hora para redactar la respuesta; después, una carta a su mujer dándole instrucciones al respecto.

No había acabado cuando lo llamaron al teléfono. Era el

director de la policía judicial, que le preguntaba cuándo pensaba regresar, y que le rogaba que enviase algunos detalles sobre dos o tres asuntos pendientes.

Fuera seguía lloviendo. El suelo del café estaba cubierto de serrín. A esa hora no había nadie, y el camarero aprovechaba para dedicar también un rato a la correspondencia.

Un detalle ridículo: a Maigret le horrorizaba escribir sobre una mesa de mármol, pero no había otra.

—Telefonee al Hotel de la Gare, para saber si han visto al inspector.

Maigret experimentaba un malestar indefinido, tanto más irritante por no tener una causa concreta. En un par o tres de ocasiones se acercó a la ventana empañada y apoyó la frente en el cristal. El cielo iba aclarándose un poco y las gotas de lluvia eran más espaciadas. Pero el muelle, lleno de barro, estaba desierto.

Hacia las cuatro el comisario oyó un silbido. Corrió hacia la puerta y vio a un remolcador que, por primera vez desde el comienzo de la crecida, lanzaba un espeso vapor.

La corriente todavía era muy fuerte. Cuando el remolcador, alargado, ligero, que tenía aspecto de un purasangre al lado de las chalanas, se separó de la orilla, se encabritó literalmente y hubo un momento en que se temió que se hundiera entre las olas.

Nuevo silbido, más estridente. Y se enderezó. Tras él, había un cable tendido. Se destacó una chalana, entre el bloque de barcos que esperaban, y se puso de costado en el Meuse, mientras dos hombres se agarraban con todo su peso al timón.

En el umbral de los cafés, los clientes se habían agolpado para asistir a la maniobra, que duró sus buenos seis minutos. Dos, tres chalanas participaron a su vez en la lucha, describieron un semicírculo y, de pronto, con un silbido vibrante de orgullo, el remolcador se lanzó hacia Bélgica, mientras que, tras él, las chalanas intentaban por todos los medios mantener la línea recta.

El Estrella Polar no formaba parte del convoy.

«… y, en consecuencia, le pido que tenga a bien devolver a mi domicilio, bulevar Richard-Lenoir, los muebles que…».

Maigret escribía con una lentitud excesiva, como si sus dedos hubiesen sido tan gruesos que no le permitieran coger bien la pluma que aplastaba contra el papel. Y eso producía una caligrafía pequeña, pero gruesa, que de lejos parecía un montón de manchas.

—El señor Peeters acaba de pasar en moto —dijo el camarero, que estaba encendiendo las lámparas y corriendo las cortinas de la parte de delante.

Eran las cuatro y media.

—Hace falta valor para recorrer doscientos kilómetros con un tiempo así. ¡Está lleno de barro, hasta en los ojos!

—¡Albert…! ¡El teléfono…! —gritó la dueña del local.

Maigret firmó la carta y la metió en un sobre.

—¡Es para usted, señor comisario! De París…

—¡Diga…! ¡Diga…! Sí; soy yo…

Maigret intentó poner freno a su mal humor. Era su mujer la que estaba al aparato y le preguntaba cuándo pensaba regresar.

—Oye… Han venido a por los muebles…

—¡Lo sé! Ya he hecho lo necesario al respecto…

—Hay también una carta de tu colega inglés, que…

—¡Sí, querida…! Eso no tiene importancia…

—¿Hace frío por ahí…? Abrígate bien… Que tu catarro no está completamente curado y…

¿Por qué empezaba a sentir una impaciencia casi dolorosa? Una impresión vaga. Le parecía que se estaba perdiendo algo, mientras malgastaba el tiempo en aquella cabina.

—Estaré en París dentro de tres o cuatro días.

—¿Tan pronto?

—Sí… Un abrazo… Adiós…

En el café preguntó por un buzón.

—Justo en la esquina de la calle, en el estanco.

Era de noche. Del Meuse solo se veía el reflejo de los faroles. Pegada al tronco de un árbol, el comisario divisó una figura que le hizo fruncir el ceño, pues no hacía tiempo para tomar el fresco, con la lluvia y el viento.

Echó la carta en el buzón y se dio la vuelta, y vio que la figura se destacaba del árbol. Echó a andar y el desconocido se puso a caminar tras él.

¡Todo sucedió muy rápido! Unos pasos precipitados hacia atrás, y Maigret agarró al hombre por el cuello.

—¿Qué haces aquí?

Lo había agarrado con fuerza. La cara del desconocido estaba congestionada. Maigret aflojó el apretón.

—¡Habla!

Algo le llamó la atención, aunque no sabía qué era. Esa mirada que se ocultaba era molesta y más molesta todavía la sonrisa que esbozaba el hombre.

—¿Tú no eres el empleado del Estrella Polar?

El otro asintió con la cabeza, con expresión satisfecha.

—¿Me espiabas?

Una mezcla de miedo y de alegría se traslucía en el rostro, demasiado alargado, del individuo. ¿No le había dicho el marinero a Maigret que su ayudante era algo lelo y que le daban ataques epilépticos?

—¡No te rías! Dime qué hacías aquí…

—Estaba mirándole.

—¿Ha sido tu patrón quien te ha pedido que me vigiles?

Imposible ser brutal con aquel pobre diablo, tanto más lamentable, puesto que estaba en la flor de la juventud. Tenía veinte años. No se afeitaba, pero su barba, rala, de pelo rubio muy fino, no llegaba a un centímetro. Su boca era dos veces más grande que una boca normal.

—No me pegue…

—¡Ven!

Muchas chalanas habían cambiado de sitio. Por primera vez desde hacía semanas reinaba la actividad a bordo, pues se preparaban para la marcha. Se veía a las mujeres que iban a hacer la compra. Los aduaneros circulaban, subiendo a los barcos.

El Estrella Polar, debido a las salidas, se encontraba aislado y su proa estaba un poco separada de la orilla. Se veía un resplandor en la cabina.

—¡Pasa delante!

Había que franquear una pasarela, hecha de una plancha muy delgada, que se movía.

No había nadie a bordo, aunque la lámpara de petróleo estaba encendida.

—¿Dónde guarda tu patrón su ropa de domingo?

Maigret había notado un desorden excesivo.

El ayudante abrió una alacena, y se quedó asombrado. En el suelo se veían la ropa que el marinero llevaba todavía por la mañana.

—¿Y el dinero?

Movimientos de cabeza enardecidos a modo de negación. ¡El idiota no sabía nada! ¡El dinero estaba oculto!

—¡Bueno! Puedes quedarte aquí.

Maigret salió, con la cabeza baja, y se encontró con un aduanero.

—¿Ha visto al hombre del Estrella Polar?

—¡No! ¿No está a bordo? Creía que pensaba irse mañana por la mañana.

—¿El barco es suyo?

—¡Ni por asomo! Es de uno de sus primos, que vive en Flémalle. Un tipo raro como él...

—¿Qué puede ganar navegando?

—¿Seiscientos francos al mes...? Quizá un poco más, con el contrabando... Pero no mucho más...

La casa de los flamencos estaba iluminada. No solamente había luz en las ventanas de la tienda, sino también en el primer piso.

Unos instantes más tarde, el timbre de la tienda sonó, y Maigret se frotó las suelas de los zapatos en el felpudo. Llamó a la señora Peeters, que se acercaba ya procedente de la cocina:

—¡No se moleste!

La primera persona a la que vio, cuando lo introdujeron en el comedor, fue a Marguerite van de Weert, que hojeaba una partitura.

Se la veía más vaporosa que nunca, con su vestido de satén azul pálido, y tuvo para el comisario una sonrisa acogedora.

—¿Viene a ver a Joseph?

—¿No está aquí?

—Ha subido a cambiarse… Es de locos hacer estos viajes en moto, con un tiempo semejante… Sobre todo él, que tiene la salud delicada y que está agotado por los estudios…

¡Aquello no era amor! ¡Era adoración! ¡Se la veía capaz de pasarse horas sin moverse, contemplando al muchacho!

¿Qué tendría él para inspirar unos sentimientos así? ¿Acaso su hermana no hablaba, poco más o menos, en los mismos términos?

—¿Está Anna con él?

—Ella le prepara la ropa.

—¿Y usted? ¿Hace mucho que ha llegado?

—Una hora.

—¿Sabía que Joseph Peeters iba a venir?

Una ligera turbación. No duró más que un segundo y contestó, rápida:

—Viene todos los sábados a la misma hora.

—¿Hay teléfono en la casa?

—Aquí, no; en la nuestra, naturalmente. Mi padre lo necesita por su profesión.

Aquella joven le desagradaba, aunque no sabía por qué. ¡O más bien lo ponía nervioso! No le gustaban sus aires de niña pequeña, su forma voluntariamente infantil de hablar, la mirada que ella pretendía cándida.

—¡Mire! Aquí baja…

En efecto, se oían pasos en la escalera. Joseph Peeters entró en el comedor, todo limpio, todo aseado, con las señales del peine mojado aún en el cabello.

—Está aquí, señor comisario… —No se atrevió a darle la mano. Se volvió hacia Marguerite—. Y tú, ¿no le has ofrecido nada?

En la tienda, varias personas hablaban flamenco. Anna llegó a su vez, tranquila, inclinándose como debían de haberle enseñado en el convento.

—¿Es verdad, señor comisario, que hubo un escándalo ayer por la tarde en un café del pueblo…? Sé que la gente siempre exagera… Pero… ¡siéntese…! ¡Joseph…! Ve a buscar alguna cosa para beber…

En la chimenea ardían unos troncos. La tapa del piano estaba abierta.

Maigret trataba de definir una impresión que había tenido a su llegada, pero, cada vez que creía haberla recuperado, desaparecía de nuevo.

Algo había cambiado, pero no sabía qué.

Y estaba malhumorado. Tenía la cara seria, el ceño fruncido de los días malos. Lo que necesitaba realmente era cometer algún despropósito para romper toda aquella armonía que lo rodeaba.

Sobre todo era Anna quien le inspiraba ese sentimiento confuso. Llevaba siempre el mismo vestido gris que daba a sus formas un aspecto inmutable de estatua.

¿Sería cierto que los acontecimientos se habían vuelto

contra ella? Cuando se movía, sus gestos no deshacían ni un solo pliegue de su vestido. Su cara permanecía serena.

Hacía pensar en un personaje de tragedia antigua, extraviado en la vida cotidiana y mezquina de un pueblecito fronterizo.

—¿Despacha usted alguna vez en el almacén?

No se había atrevido a decir: «en la tienda».

—¡A menudo! Cuando no está mamá.

—¿Sirve también de beber?

Ella no sonrió. Se contentó con manifestar su extrañeza:

—¡Por qué no!

—Como a veces los marineros están borrachos, ¿verdad? Quizá se muestren demasiado familiares; a lo mejor, atrevidos…

—¡Aquí no!

¡Y aparecía de nuevo la estatua! Se mostraba segura de sí misma.

—¿Quiere un oporto, o tal vez…?

—Mejor un vaso de ese Schiedam que me ofreció el otro día.

—Ve a pedirle a mamá la botella de Vieux Système, Joseph.

Y Joseph obedeció.

¿Habría que cambiar el orden jerárquico imaginado por Maigret, y que era este: Joseph, el primero, verdadero dios de la familia; luego, Anna; luego, Maria; luego, la señora Peeters, dedicada exclusivamente a la tienda, y, por último, el padre, dormido en su sillón?

Anna, con toda naturalidad, parecía ocupar el primer puesto.

—¿No ha descubierto nada nuevo, señor comisario…?

¿Ha visto que los barcos empiezan a marcharse…? La navegación se ha restablecido hasta Lieja, quizá hasta Maastricht… Dentro de dos días no habrá aquí más que tres o cuatro chalanas a la vez…

¿Por qué decía eso?

—¡No, Marguerite! Las copas…

Pues Marguerite estaba cogiendo vasos del estante.

Maigret seguía mortificado por la necesidad de romper aquel equilibrio y aprovechó que Joseph estaba en la tienda y su prima ocupada en coger los vasos, para enseñar a Anna el retrato de Gérard Piedboeuf.

—Debo hablar con usted… —le dijo a media voz.

La miró fijamente. Pero, si esperaba turbar la tranquilidad de su rostro, se llevó una decepción. Ella se contentó con esbozar una sonrisa como si fueran cómplices. Un gesto que decía: «Sí… Más tarde…».

Y a su hermano, que entraba, le dijo:

—¿Hay todavía mucha gente?

—Cinco personas.

Anna tenía que mostrar sus distintas aptitudes. La botella que llevaba Joseph tenía un tapón de estaño que permitía servir el líquido sin perder una gota.

Antes de servir, la muchacha retiró el accesorio, dando a entender que su hermano no sabía atender correctamente a sus invitados en un salón.

Maigret calentó un instante su vaso en la palma de la mano.

—¡A su salud! —dijo.

—¡A su salud! —repitió Joseph Peeters, que era el único que bebía.

—Ya tenemos la prueba de que Germaine Piedboeuf fue asesinada.

Marguerite fue la única que soltó un pequeño grito de susto, un verdadero grito de jovencita, como se oye en los teatros.

—¡Es espantoso!

—¡Algo me habían dicho, pero me negaba a creerlo! —exclamó Anna—. Eso hará que nuestra situación sea aún más difícil para nosotros, ¿verdad?

—¡O más fácil! Sobre todo, si logro demostrar que su hermano no estaba en Givet el tres de enero.

—¿Por qué?

—Porque Germaine Piedboeuf fue asesinada a martillazos.

—¡Dios mío…! ¡Cállese…!

Marguerite se levantó, toda pálida, a punto de desmayarse.

—Tengo el martillo en el bolsillo.

—¡No! Se lo suplico… No lo enseñe…

Anna, por su parte, permanecía tranquila. Y se dirigió a su hermano:

—¿Ha vuelto tu compañero? —preguntó.

—Ayer.

Entonces ella le explicó al comisario:

—Es el compañero con el que pasó la noche del tres de enero en un café de Nancy… Se fue a Marsella, hace unos diez días, por la muerte de su madre… Acaba de volver…

—¡A su salud! —contestó Maigret, apurando su copa.

Y cogió la botella y se sirvió de nuevo. De cuando en cuando sonaba la campanilla. O bien se oía el ruido de un pequeño cogedor que volcaba azúcar en una bolsa de papel y el roce de la balanza.

—Y su hermana, ¿está mejor?

—Parece que podrá levantarse de la cama el lunes o el martes. Pero seguramente no vendrá por aquí en mucho tiempo.

—¿Se casa?

—¡No! Quiere hacerse religiosa. Es una idea que acaricia desde hace mucho tiempo.

¿Cómo se dio cuenta Maigret de que en la tienda estaba pasando algo raro? Los ruidos eran los mismos, quizá menos fuertes. Pero, un poco después, la señora Peeters hablaba en francés.

—Lo encontrará en el salón…

Puertas que se abren y se cierran. El inspector Machère que se detiene en el umbral, muy animado, haciendo un esfuerzo para estar tranquilo y mirando al comisario sentado ante su vaso de ginebra.

—¿Qué pasa, Machère?

—El… Querría hablar con usted en privado…

—¿A propósito de qué?

—Del…

Dudaba en hablar, esbozando señales de entendimiento que todo el mundo comprendía.

—Habla tranquilo.

—Es sobre el marinero…

—¿Ha vuelto?

—No… Ha…

—¿Ha confesado?

Machère estaba sufriendo. Venía con una noticia que él

consideraba de suma importancia y que deseaba que se mantuviese en secreto. Sin embargo, el comisario le obligaba a hablar ante tres personas.

—El… Han encontrado su gorra y su chaqueta…

—¿La vieja o la nueva?

—No entiendo.

—¿Es una chaqueta azul, la chaqueta de los domingos, la que se ha encontrado?

—De tela azul, sí… En la orilla…

Todos callaban. Anna, que estaba de pie, miraba al inspector, con las facciones rígidas. Joseph Peeters se acariciaba las manos nerviosamente.

—¡Continúa!

—Ha debido de arrojarse al Meuse… Encontraron la gorra cerca de la chalana que está detrás de la suya… Y se quedó allí, en la chalana, varada… ¿Entiende?

—¿Qué más?

—En cuanto a la chaqueta, estaba en la orilla… Y tenía este papel prendido con un alfiler…

Lo sacó de su cartera con precaución. Era un pedazo de papel de mala calidad, mojado por la lluvia. Costaba leerlo: «Soy un canalla. Prefiero el río…».

Maigret había leído a media voz. Joseph Peeters preguntó con voz temblorosa:

—No lo entiendo… ¿Qué significa…?

Machère seguía de pie, desconcertado, a disgusto. Marguerite miró a cada uno de ellos con sus ojazos inexpresivos.

—Yo creo que es usted el que… —empezó el inspector.

Maigret se levantó, cordial, con una sonrisa de camaradería. Se dirigió especialmente a Anna:

—¿Ve…? Le hablaba hace un momento de un martillo…

—¡Cállese…! —suplicó Marguerite.

—¿Qué harán mañana por la tarde?

—Como todos los domingos… Estaremos en familia… Solo faltará Maria…

—¿Me permiten que venga a visitarlos? ¿Quizá haya de esa excelente tarta de arroz…?

Maigret se encaminó al pasillo, donde se puso el abrigo, que la lluvia hacía dos veces más pesado.

—Perdóneme… —balbucía Machère—. Ha sido el comisario el que ha querido…

—¡Ven!

En la tienda, la señora Peeters estaba subida en el último escalón de una escalera de mano, para coger un paquete de almidón. La mujer de un marinero esperaba con aire melancólico y con un bolso de la compra en el brazo.

8

La visita a las ursulinas

Un pequeño grupo de gente se había congregado en el lugar en que se había recogido la gorra, pero el comisario, llevándose a Machère, se fue en dirección al puente.

—No me había hablado de ese martillo… Si no, es evidente que…

—¿Qué has hecho durante todo el día?

El inspector puso la misma expresión que un alumno pillado en falta.

—Fui a Namur… Quería asegurarme de que el esguince de Maria Peeters…

—¿Y bien?

—No han querido dejarme entrar… He dado con un convento de religiosas que me miraban como a un bicho que se hubiera caído en la sopa…

—¿Has insistido?

—Incluso las he amenazado.

Maigret reprimió una sonrisa divertida. Cerca del puente, entró en un garaje donde se ofrecían coches de alquiler y pidió un vehículo con chófer para que lo llevara hasta Namur.

Cincuenta kilómetros de ida y cincuenta kilómetros de vuelta, a lo largo del Meuse.

—¿Vienes conmigo?

—¿Quiere…? Pero ya le digo que no lo recibirán… Sin contar con que ahora que hemos encontrado el martillo…

—De acuerdo. Te encargarás de otra cosa. Coge tú también un coche. Ve a todas las estaciones de tren que se encuentran en un radio de veinte kilómetros. Asegúrate de que el marinero no ha tomado el tren en ninguna de ellas…

Y el coche en el que iba Maigret arrancó. Arrellanado en los cojines, el comisario fumaba plácidamente su pipa, y solo veía del paisaje algunas luces que iluminaban los laterales del coche.

Sabía que Maria Peeters era maestra en un colegio llevado por ursulinas. Sabía también que estas son, en la jerarquía religiosa, el equivalente de los jesuitas, es decir, que eran como una aristocracia de la enseñanza. El colegio de Namur debía de ser frecuentado por lo más selecto de la provincia.

¡Desde luego, era divertido imaginarse al inspector Machère discutiendo con las religiosas, insistiendo para entrar y sobre todo amenazándolas!

«Me he olvidado de preguntarle cómo las ha llamado —pensó Maigret—. Seguramente "señoras"… O quizá "mi querida hermana…"».

Maigret era alto, corpulento, ancho de espaldas, de rasgos duros. A pesar de lo cual, cuando llamó a la puerta del convento, en una pequeña calle provincial donde crecía la hierba entre las piedras, la hermana tornera que le abrió no se asustó en absoluto.

—Desearía hablar con la reverenda madre —dijo.

—Está en la capilla. Pero cuando haya terminado la bendición…

Lo introdujeron en un locutorio. Comparado con este, el comedor de los Peeters resultaba sucio y desordenado. Allí uno podía verse reflejado en el suelo, como en un espejo. Se notaba, sobre todo, que los objetos eran inamovibles, que las sillas ocupaban siempre el mismo sitio desde hacía años, que el reloj de la chimenea no se había parado nunca, ni nunca se había adelantado ni atrasado.

En los corredores, de suntuosas losas, un rumor de pasos, murmullos de vez en cuando. Por último, muy tenue, a lo lejos, un canto con órgano.

Los del Quai des Orfèvres se habrían extrañado de ver a Maigret tan a gusto en aquel lugar. Cuando entró la superiora, la saludó discretamente, llamándola por el nombre que debe darse a las ursulinas, es decir:

—Madre…

Ella esperaba con las manos metidas en las mangas.

—Le ruego que me perdone por molestarla, pero querría pedirle permiso para visitar a una de sus acogidas… Ya sé que las reglas se oponen a ello… No obstante, como se trata de la vida o al menos de la libertad de alguien…

—¿Es usted también de la policía?

—Ha recibido usted la visita de un inspector, ¿verdad?

—Un señor que se decía de la policía, que ha armado un gran alboroto y que se ha ido gritando que recibiríamos noticias suyas…

Maigret lo excusó, y permaneció tranquilo, atento, deferente. Se mostró hábil al hablarle, y un poco más tarde una hermana novicia era encargada de avisar a Maria Peeters que la esperaban.

—Una joven de mucho mérito, creo, ¿no, madre?

—Solo puedo decir de ella lo mejor. Al principio el señor capellán y yo dudamos en contratarla, debido al comercio de sus padres… No por la tienda de comestibles… Pero el hecho de servir bebidas… Lo pasamos por alto, y cada vez nos alegramos más de ello… Ayer, al bajar por una escalera, se torció un tobillo y desde entonces está en cama, muy abatida, pues sabe que ello nos causa ciertos inconvenientes…

La novicia volvió. Maigret la siguió a través de innumerables pasillos. Encontró varios grupos de alumnas todas con el mismo atuendo: vestido negro con pliegues y cinta de seda azul al cuello.

Por fin, en el segundo piso, se abrió una puerta. La novicia preguntó si debía quedarse o marcharse.

—Déjenos, hermana…

Una habitación pequeña y muy sencilla. Las paredes pintadas al aceite, decoradas con litografías religiosas con marcos negros y un gran crucifijo.

Una cama de hierro. Una forma delgada, apenas perceptible, bajo la colcha.

Maigret no veía su cara. Ella no habló. Después de cerrar la puerta, permaneció un rato inmóvil, incómodo con su sombrero mojado y su pesado abrigo.

Por fin oyó un sollozo ahogado. Pero Maria Peeters seguía tapándose la cabeza con la colcha y permanecía vuelta hacia la pared.

—Tranquilícese —murmuró él de manera instintiva—.

Su hermana Anna ha debido decirle que soy más bien un amigo…

Pero eso no tranquilizó a la joven. ¡Al contrario! Su cuerpo se estremecía ahora en intensos espasmos nerviosos.

—¿Qué ha dicho el médico…? ¿Tiene que guardar cama mucho tiempo?

Era molesto hablar así a una persona invisible. ¡Sobre todo porque Maigret aún no la conocía!

Los sollozos se espaciaban. Empezaba a recobrar la calma. Sorbía y con la mano buscaba el pañuelo bajo la almohada.

—¿Por qué está tan nerviosa? La reverenda madre acaba de decirme en cuanta consideración la tiene.

—¡Déjeme! —suplicó ella.

Y en ese instante llamaron a la puerta y entró la reverenda madre, como si hubiera estado esperando el momento de intervenir.

—¡Perdone! Sé que nuestra pobre Maria es tan sensible…

—¿Siempre ha sido así?

—Es de naturaleza delicada… Cuando supo que debía permanecer inmovilizada debido al esguince y que estaría por lo menos una semana sin poder dar clases, se desesperó… Destápese la cara, Maria…

Y la joven negó con movimientos bruscos de la cabeza.

—Sabemos, desde luego —prosiguió la superiora—, que existen acusaciones por parte de ciertas personas contra su familia. Hemos celebrado tres misas para que la verdad no tarde en resplandecer… Acabo de rogar por usted en el Benedictus, Maria…

Por fin esta dejó ver su cara. Una carita delgada, pálida, con manchas rojas producidas por la fiebre y por las lágrimas.

No se parecía en nada a Anna, sino más bien a su madre, de la que tenía los rasgos delicados, aunque desgraciadamente tan irregulares que no podía decirse que fuese bonita. La nariz era demasiado larga, puntiaguda, y la boca, grande y delgada.

—¡Le pido disculpas…! —dijo, secándose los ojos con el pañuelo—. Estoy demasiado nerviosa… Y la idea de estar aquí acostada, mientras que… ¿Es usted el comisario Maigret…? ¿Ha visto a mi hermano…?

—Lo he dejado hace menos de una hora. Estaba en su casa con Anna y su prima Marguerite…

—¿Cómo está?

—Muy tranquilo… Confía en que todo se arreglará…

¿Se echaría de nuevo a llorar? La reverenda madre animaba a Maigret con la mirada. Le hacía feliz oírlo hablar así, con una calma y una autoridad que debían de impresionar favorablemente a una enferma.

—Anna me ha dicho que está usted decidida a tomar los hábitos…

Maria se echó a llorar de nuevo. Ni siquiera intentaba ocultarse. Carecía de coquetería y enseñaba su rostro brillante, hinchado.

—Es una decisión que esperamos desde hace mucho tiempo —murmuró la superiora—. Maria pertenece más a la religión que al mundo…

Tuvo una nueva crisis; los sollozos estallaban dolorosos en esa garganta tan delgada. El cuerpo seguía agitándose, las manos se aferraban a la colcha.

—Como verá, hice bien en no dejar subir a aquel señor… —dijo en voz baja la religiosa.

Maigret seguía de pie, con el abrigo puesto, que le pesaba enormemente.

Miraba la pequeña cama, a aquella joven conmocionada.

—¿La ha visto el médico?

—Sí… Ha dicho que el esguince no es preocupante… Lo peor es la crisis nerviosa que sufrió justo después… ¿Le parece que la dejemos…? Tranquilícese, Maria… Le enviaré a la madre Julienne, que permanecerá a su lado…

La última imagen que tuvo Maigret fue la blancura de la cama, su cabello revuelto sobre la almohada y unos ojos que no dejaban de mirarlo mientras él retrocedía hacia la puerta.

En el corredor, la superiora hablaba bajo, deslizándose sobre el suelo encerado.

—Nunca ha tenido mucha salud… Este escándalo ha destrozado sus nervios, y seguramente la agitación hizo que se cayera por la escalera… Se avergüenza de su hermano, de los suyos… Me ha dicho muchas veces que, después de lo ocurrido, nuestra orden ya no la admitiría en su seno… Pasa horas enteras postrada, mirando al techo, sin tomar el menor alimento… Luego, sin razón aparente, sufre una crisis… Le están poniendo inyecciones para animarla…

Habían llegado a la planta baja.

—¿Me permite preguntarle qué opina sobre asunto, señor comisario?

—Se lo permito, pero me vería en un conflicto si respondiese a su pregunta… Sinceramente, le aseguro que no sé nada… Quizá mañana…

—¿Cree que mañana…?

—Solo me queda, madre, darle las gracias y disculparme

por esta visita… ¿Quizá me permita llamarla para tener noticias de Maria…?

Por fin, ya estaba fuera. Respiró el aire fresco, saturado de lluvia. Se metió dentro del taxi, que lo esperaba aparcado al borde de la acera.

—¡A Givet!

Y llenó voluptuosamente su pipa y luego se arrellanó en el asiento del coche. En una curva, en los alrededores de Dinant, vio un poste indicador: GRUTAS DE ROCHEFORT…

No tuvo tiempo de leer el número de kilómetros. Clavó la vista en la oscuridad de una carretera transversal. Y evocó un bello domingo, un tren atestado de turistas, dos parejas: Joseph Peeters y Germaine Piedboeuf… Anna y Gérard…

Debía de hacer calor… Al regreso, los viajeros tendrían, sin duda, los brazos llenos de flores del campo…

¿Anna, en su asiento, maltrecha, callada, derrotada, espiaba quizá la mirada del hombre que acababa de cambiar todo su ser…?

Y Gérard, alegre, muy jovial, gastando bromas, incapaz de comprender que lo ocurrido aquella tarde revestía una gran gravedad, que se trataba de algo casi definitivo…

¿Habría intentado él volver a verla? ¿Habría seguido con su relación sentimental?

«¡No! —se dijo Maigret—. Anna enseguida lo comprendió. ¡No se hizo ninguna ilusión respecto de su compañero! Al día siguiente, ya debió de evitarlo…».

Se la imaginaba guardando su secreto, temiendo quizá durante algunos meses los resultados de aquel abrazo, sintiendo por los hombres, por todos los hombres, un odio feroz.

—¿Lo llevo a su hotel?

Givet, la frontera belga y su aduanero belga de guardia, la frontera francesa, las chalanas, la casa de los flamencos, el muelle lleno de barro…

Maigret se extrañó al sentir un objeto duro en el bolsillo. Metió la mano y encontró el martillo, del que se había olvidado.

El inspector Machère, que había oído llegar el coche, estaba en el umbral del café y miraba cómo Maigret pagaba al chófer.

—¿Lo han dejado entrar?

—¡Por supuesto!

—¡Me sorprende! Porque, si quiere que le diga lo que pienso, estaba convencido de que ella no estaba allí…

—¿Dónde iba a estar entonces…?

—No lo sé… Ya no entiendo nada… Sobre todo desde lo del martillo… ¿Sabe quién acaba de venir a buscarme?

—¿El marinero?

Y Maigret, que había entrado en la sala, pidió una caña y se sentó en el rincón cercano a la ventana.

—¡Casi…! En fin, es poco más o menos lo mismo… Ha sido Gérard Piedboeuf… He inspeccionado las estaciones de tren en coche… No he encontrado nada…

—¿Le ha revelado el escondite de nuestro hombre?

—Al menos me ha dicho que lo han visto tomar el tren de las cuatro y cuarto en la estación de Givet… El tren que va a Bruselas…

—¿Quién lo ha visto?

—Un amigo de Gérard… Me ha propuesto entrevistarme con él…

—¿Pongo dos cubiertos? —preguntó el dueño del local.

—Sí... No... Es igual...

Maigret bebía ávidamente su cerveza.

—¿Eso es todo?

—¿Considera que no es suficiente? Si de verdad lo han visto en la estación de tren, es porque no está muerto... Entonces trata de huir... Si trata de huir...

—¡Naturalmente!

—¡Piensa usted lo mismo que yo!

—¡No pienso en nada, Machère! ¡Tengo calor! ¡Tengo frío! Creo que he cogido un buen resfriado... Y me estoy planteando irme a la cama sin cenar... ¡Otra caña, camarero...! ¡O mejor no! Un ponche... Con bastante ron...

—¿Se ha hecho realmente un esguince?

Maigret no contestó. Tenía una expresión sombría. Incluso se habría dicho que estaba inquieto.

—Total, que el juez de instrucción te habrá enviado una orden de arresto en blanco...

—Sí... Pero me ha aconsejado que sea prudente, debido a la mentalidad de las pequeñas ciudades. Prefiere que lo llame antes de hacer nada definitivo.

—¿Y qué vas a hacer?

—He telegrafiado ya a la policía de Bruselas, para que detengan al marinero en cuanto baje del tren. Tendré que pedirle que me dé el martillo.

Ante el estupor de algunos clientes, el comisario sacó el objeto de su bolsillo y lo puso sobre la mesa de mármol.

—¿Eso es todo?

—También será necesario que usted declare, puesto que ha sido quien lo ha encontrado.

—¡Claro que no! A ojos de todos, has sido tú quien ha encontrado el martillo.

La mirada de Machère se iluminó de alegría.

—Se lo agradezco. Será de gran valor para mi ascenso.

—He puesto dos cubiertos cerca de la estufa —anunció el dueño.

—¡Gracias…! ¡Voy a acostarme…! No tengo hambre…

Y Maigret subió a su habitación, después de haberle estrechado la mano a su colega. Tal vez había cogido frío yendo de un lado para otro durante dos días con aquella misma ropa mojada, pues no había traído ningún otro traje.

Se acostó; se sentía exhausto. Durante más de media hora luchó contra imágenes borrosas que pasaban ante sus ojos a un ritmo agotador.

A pesar de lo cual, el domingo fue el primero en levantarse. En el café solo encontró al camarero, que estaba encendiendo la cafetera y llenando la parte superior de café molido.

La ciudad dormía todavía. Hacía poco que había amanecido, y las farolas estaban aún encendidas. Por el contrario, en el río ya se llamaban de una chalana a otra y se lanzaban las amarras. Un remolcador se adelantó para colocarse en la cabeza.

Un nuevo convoy de barcos salía para Bélgica y Holanda.

No llovía. Pero la bruma condensaba gotitas de agua sobre los hombros.

En algún lugar sonaron las campanas de una iglesia. En una ventana de la casa de los flamencos había luz. Luego se abrió la puerta. La señora Peeters volvió a cerrarla con cuidado y se alejó a paso rápido, con un misal forrado de tela en la mano.

Maigret pasó toda la mañana fuera; entró unas cuantas

veces en un café a tomar una copa de coñac y calentarse. La gente entendida decía que iba a helar y que eso supondría una catástrofe para las regiones inundadas por la crecida.

A las siete y media, la señora Peeters había vuelto de misa, retirado los postigos de la tienda y encendido el fuego de la cocina.

Hacia las nueve, aproximadamente, Joseph se había asomado un instante al umbral, sin pechera, sin haberse aseado todavía, ni afeitado, y con el cabello desordenado.

A las diez había salido para la misa con Anna, que llevaba un abrigo nuevo, de paño beis.

En el Café de la Marina no se sabía todavía si un remolcador, cuya llegada se esperaba de un momento a otro, aceptaría volver a salir el mismo día con un convoy de barcos, por lo que los marineros permanecían allí, saliendo de vez en cuando para mirar río abajo.

Era cerca del mediodía cuando Gérard Piedboeuf dejó su casa, vestido de domingo, calzando zapatos canela y con un sombrero de color claro y ajustado. Pasó cerca de Maigret. Seguramente no tenía la intención de dirigirle la palabra o tan siquiera saludarle.

Pero no pudo resistir a su deseo de presumir de valiente o tal vez de sincerarse.

—Le molesto, ¿verdad…? ¡Cuánto debe de despreciarme…!

Tenía ojeras. Después de la algarada del Café de la Mairie vivía inquieto.

Maigret se encogió de hombros y le volvió la espalda. Vio a la comadrona, que ponía al niño en un cochecito y lo empujaba hacia el centro de la población.

Machère no se dejaba ver. No lo encontró hasta cerca de la una, precisamente en el Café de la Mairie. Gérard estaba en otra mesa, con las dos compañeras y el amigo de la otra tarde.

Machère, por su parte, estaba rodeado de tres hombres que el comisario tenía la impresión de haber visto ya.

—El adjunto del alcalde… El comisario de policía… Su secretario… —le presentó el inspector.

Todos iban vestidos de domingo y bebían aperitivos anisados. Tenían tres platillos por cabeza. Machère mostraba una seguridad inhabitual.

—Les decía a estos señores que la investigación está casi terminada… Depende ahora, sobre todo, de la policía belga… Me sorprende no haber recibido todavía un telegrama de Bruselas en el que digan que el marinero ha sido arrestado…

—¡No se reparten los telegramas en domingo antes de las once! —afirmó el adjunto del alcalde—. A menos que hubiera ido usted a la estafeta… ¿Qué se le ofrece, señor comisario…? ¿Sabe que se ha hablado mucho de usted en la región…?

—¡Me alegra oírlo!

—Me refería a que han hablado mal de usted. Se ha interpretado su actitud como…

—Camarero, una caña. ¡Bien fresca!

—¿Bebe cerveza a estas horas?

Marguerite pasaba por la calle y se veía por su porte que era la más elegante de la localidad y que sabía que todas las miradas apuntaban hacia ella.

—Lo más molesto es que estos asuntos de costumbres… ¡Mire! Hace diez años que no había ocurrido en Givet… La última vez fue un obrero polaco quien…

—Perdonen, señores…

Y Maigret se precipitó fuera, yendo al encuentro, en la calle principal, de Anna Peeters y de su hermano, que caminaban con la cabeza bien alta, como desafiando las sospechas que recaían sobre ellos.

—Esta tarde, si les parece bien, iré a verles, como les comenté ayer…

—¿Hacia qué hora?

—A las tres y media… ¿Les viene bien…?

Y regresó solo, con aire gruñón, a su hotel, donde comió sentado a una mesa aislada.

—¿Puede pedirme una conferencia con París?

—Los domingos el teléfono no funciona después de las once.

—¡Vaya, hombre!

Mientras comía, leyó un periodicucho local, y un titular le divirtió: «El misterio de Givet resulta cada vez más enrevesado».

Porque para él ya no existía tal misterio.

—¡Tráigame unas judías! —le pidió al camarero.

9

Alrededor de un sillón de mimbre

De todos los ritos familiares del domingo, el que más sorprendió a Maigret fue el de trasladar el sillón de mimbre del viejo Peeters de la cocina al salón.

Durante la semana, la ubicación del sillón y, como consecuencia, del viejo, era junto a la cocina de leña. Aunque se recibiera a alguien en el comedor, Peeters nunca aparecía.

Pero él tenía allí un sitio para los domingos, junto a la ventana que daba al patio. La pipa de espuma, de largo cuello de cerezo, estaba en el antepecho de la ventana, cerca de un bote de tabaco.

En un sillón más pequeño, de cuero, estaba el doctor Van de Weert, frente a una estufa de carbón, sentado con sus piernas gordezuelas cruzadas.

Mientras leía el informe del médico belga, no cesaba de mover la cabeza, de aprobar, de extrañarse, de esbozar para sí mismo pequeños gestos.

Por fin tendió el informe a Maigret. Marguerite, que se encontraba entre ellos, quiso cogerlo.

—¡No! Tú, no… —dijo Van de Weert.

—Esto le interesará sin duda —dijo Maigret, dándole las hojas a Joseph Peeters.

Estaban todos alrededor de la mesa: Joseph y Marguerite, Anna y su madre, quien se levantaba de vez en cuando para ir a vigilar el café.

Siguiendo la moda belga, el doctor bebía borgoña al tiempo que fumaba un puro, cuya punta encendida se paseaba continuamente bajo el mentón.

Maigret había visto, al entrar, media docena de tartas preparadas sobre la mesa de la cocina.

—Un buen informe, evidentemente… Por ejemplo, no dice si… si… —Miró a su hija, algo confuso—. Comprende lo que quiero decir… No dice si…

—¡Si hubo violación! —soltó Maigret de golpe.

Y estuvo a punto de soltar una carcajada al ver la cara escandalizada del médico, quien no imaginaba que pudieran pronunciarse en voz alta palabras como aquellas.

—Habría sido interesante saberlo, ya que en casos parecidos… ¡Mire! En mil novecientos once…

Siguió hablando y relató, echando mano de decentes perífrasis, un asunto cualquiera. Pero Maigret no lo escuchaba. Miraba a Joseph Peeters, que leía el informe.

En él, sin miramiento alguno, se hacía una descripción minuciosa del cadáver de Germaine Piedboeuf, cuando lo sacaron del Meuse.

Joseph estaba pálido. Fruncía la nariz, al igual que lo hacía su hermana Maria.

Por un momento, pareció que iba a dejar la lectura y devolverle los papeles a Maigret. Pero no lo hizo. Siguió hasta el final.

Al volver una de las páginas, Anna, que estaba inclinada sobre su hombro, lo detuvo:

—Espera…

Le quedaban tres líneas por leer. Luego, ambos empezaron la siguiente página, que empezaba por: «… la abertura de la cavidad craneal era tan grande que ha sido imposible encontrar la menor partícula de cerebro…».

—¿Quiere coger su vaso, señor comisario? Voy a poner la mesa…

La señora Peeters puso el cenicero, los puros y la garrafa de ginebra sobre la chimenea y extendió sobre la mesa un mantel bordado a mano.

Sus hijos seguían leyendo. Marguerite los miraba con envidia. Por su parte, el médico se había dado cuenta de que no lo escuchaban y fumaba en silencio.

Al acabar la segunda página, Joseph Peeters estaba lívido, con un hoyo oscuro a cada lado de la nariz y gotas de sudor en las sienes. Se olvidó de pasar la hoja y tuvo que hacerlo Anna hasta el final del informe.

Marguerite se levantó y tocó al muchacho en el hombro.

—¡Mi pobre Joseph…! No deberías… Hazme caso: sal un rato a tomar el aire…

Maigret aprovechó la ocasión.

—¡Es una buena idea! Yo también necesito estirar las piernas…

Un poco más tarde estaban los dos en el muelle, con la cabeza descubierta. Ya no llovía. Algunos pescadores de caña aprovechaban los pequeños espacios libres entre las chalanas. Al otro lado del puente, se oía el timbre ininterrumpido de un cinematógrafo.

Peeters encendió nerviosamente un cigarrillo, con la mirada perdida en el agua.

—Eso le ha afectado, ¿verdad…? Perdone mi pregunta… ¿Está decidido a casarse con Marguerite…?

El silencio duró bastante. Joseph evitaba volverse hacia Maigret, el cual no veía más que el perfil del joven. Joseph miraba hacia la puerta de la tienda, decorada con anuncios transparentes; después, hacia el puente; luego, otra vez hacia el Meuse.

—No lo sé…

—Pero la quiere…

—¿Por qué ha querido que leyese ese informe?

Y se pasó la mano por la frente. La retiró mojada, a pesar del aire frío.

—¿Acaso Germaine era mucho menos bonita?

—Cállese… No lo sé… He oído tantas veces que Marguerite es hermosa, que es elegante, inteligente, educada…

—¿Y ahora?

—No lo sé…

No tenía ganas de hablar. Hablaba con desgana, pero le era imposible permanecer en silencio. Había deshecho el papel de su cigarrillo.

—¿Ella acepta casarse a pesar del hijo de usted?

—Quiere adoptarlo.

No hacía el menor gesto. Pero se le notaba abatido y agotado. Miraba a Maigret con el rabillo del ojo, atemorizado por si este le hacía nuevas preguntas.

—En su casa todo el mundo parece pensar que el matrimonio se celebrará muy pronto… ¿Marguerite es su amante?

Refunfuñó, muy bajo:

—No…

—¿Ella no quiso?

—No es ella… Soy yo… Nunca he pensado en ello… No puede usted comprender… —De pronto, con rabia—: ¡Tendré que casarme con ella! ¡Es necesario! ¡Eso es todo!

Los dos hombres continuaban sin mirarse. Maigret, que no tenía puesto el abrigo, comenzaba a resentirse del fresco.

En ese instante se abrió la puerta de la tienda. Se oyó el timbre que ya le era familiar al comisario. Después, la voz de Marguerite, muy dulce, acariciadora:

—¡Joseph…! ¿Qué haces…?

La mirada de Peeters se cruzó con la de Maigret. Parecía decirle: «¿Lo ve?».

Mientras, Marguerite prosiguió:

—Vas a coger frío… Todo el mundo está sentado a la mesa… ¿Qué te pasa…? Estás pálido…

Una pequeña pausa, para mirar el ángulo de la callejuela donde se encontraba, invisible desde la tienda, la casa de los Piedboeuf.

Anna estaba contando las tartas.

La señora Peeters hablaba poco, como si se hubiera dado cuenta de su inferioridad. Por el contrario, cuando uno de sus hijos hablaba, aprobaba con sonrisas y movimientos de la cabeza.

—Perdone mi indiscreción, señor comisario… Quizá vaya a decir una tontería… —Y sirvió un gran trozo de tarta de arroz en el plato de Maigret—. He oído decir que han encontrado objetos a bordo del Estrella Polar y que el marinero había huido… Ha venido algunas veces por aquí. Al final, tuve que echarlo a la calle: primero, porque quería que le fiase, y, además, porque estaba borracho de la mañana a la noche… Pero no era eso lo que quería decirle… Si ha huido es porque es culpable… Y, en ese caso, la investigación ha terminado, ¿no es verdad…?

Anna comía con expresión indiferente, sin mirar a Maigret. Marguerite le decía a Joseph:

—Un trocito… ¡Te lo ruego…! Hazlo por mí…

Maigret, con la boca llena, se dirigió a la señora Peeters:

—Podría contestarle, si yo llevase la investigación, pero no es así… No olvide que fue su hija la que me rogó que viniera aquí, para intentar probar la inocencia de su familia…

Van de Weert se agitaba en la silla, como si quisiera hablar pero no le dejasen meter baza.

—Pero entonces…

—El inspector Machère es quien toma las decisiones…

—Pero, bueno, comisario, siempre existe una jerarquía… Él no es más que inspector, y usted es…

—Aquí no soy nadie… Mire, si en este instante quisiera interrogar a alguno de ustedes, tendrían derecho a no responder… Fui a la chalana del marinero porque él me lo pidió… La casualidad hizo que descubriese el arma del crimen, así como el pequeño abrigo que llevaba la víctima…

—Pero entonces…

—Entonces ¡nada! Intentarán detener al hombre. Quizá en estos momentos ya esté detenido. Solo que tiene argumentos para defenderse. Por ejemplo, puede decir que encontró esa ropa y ese martillo y que los guardó porque desconocía la importancia que tenían… También puede alegar que huyó por miedo… Ya ha tenido otras veces problemas con la justicia… Y ya sabe que será más difícil que lo crean que a cualquier otro…

—Pero ¡eso no tiene sentido!

—La mayoría de las acusaciones no tienen sentido, como tampoco la defensa… Se podría acusar a otros… ¿Sabe de lo que me he enterado esta mañana…? Que Gérard, el hermano de Germaine, hace un mes que se metió en un lío del que no sabe cómo salir… Debe dinero en un montón de sitios… ¡Y algo peor aún! Lo han acusado de haber cogido dinero de la caja del trabajo y, hasta que devuelva toda la cantidad robada, todos los meses le retienen la mitad del sueldo…

—¿Es verdad?

—De ahí a afirmar que ha hecho desaparecer a su hermana para cobrar indemnizaciones…

—¡Eso sería horrible! —suspiró la señora Peeters, a la que esa conversación impedía comer.

—¿Lo conocía bien? —dijo Maigret, volviéndose hacia Joseph.

—Hace algún tiempo, coincidíamos de vez en cuando…

—Antes del nacimiento del niño, ¿verdad…? Y en varias ocasiones hicieron excursiones juntos… Si no me equivoco, incluso su hermana los acompañó a las grutas de…

—¿Es cierto? —se extrañó la señora Peeters, volviéndose hacia su hija—. No sabía nada de eso.

—¡No me acuerdo! —exclamó Anna, que siguió comiendo y cuya mirada estaba fija en el comisario.

—De hecho, no tiene importancia… Pero ¿qué estaba diciendo…? ¿Quiere servirme un trozo de tarta, señorita Anna…? La de frutas no… Sigo fiel a su magnífica tarta de arroz… ¿La ha hecho usted…?

—¡La ha hecho ella! —se apresuró a afirmar la madre.

Y se hizo un silencio repentino al callarse Maigret, ya que nadie se atrevía a tomar la palabra. Se oía el ruido de las mandíbulas. El comisario dejó caer el tenedor al suelo y tuvo que agacharse para cogerlo. Entonces vio que el pie, finamente calzado, de Marguerite estaba puesto sobre el de Joseph.

—¡El inspector Machère es un muchacho listo!

—¡No parece muy inteligente! —dijo lentamente Anna.

Maigret le sonrió con expresión de complicidad.

—¡Hay tan poca gente con aspecto inteligente! Por ejemplo, yo, cuando me encuentro en presencia de un posible culpable, me aseguro de parecer imbécil…

Era la primera vez que Maigret se dejaba llevar por lo que podía considerarse confidencias.

—¡Su frente no puede cambiar! —se apresuró a declarar cortésmente el doctor Van de Weert—. Y para quien ha entendido un poco de frenología… ¡Mire!, estoy seguro de que usted es terriblemente colérico…

Por fin acababa la merienda. El comisario fue el primero en retirar su silla, al tiempo que cogía la pipa, que se puso a llenar tranquilamente.

—¿Sabe lo que debería hacer, señorita Marguerite? Ponerse al piano y tocarnos la «Canción de Solveig»…

Ella dudó, miró a Joseph para pedirle consejo, mientras la señora Peeters murmuraba:

—¡Toca tan bien…! ¡Y canta…!

—Solo lamento una cosa: y es que el esguince de la señorita Maria le impida estar con nosotros… Siendo este mi último día…

Anna volvió enseguida la cabeza en su dirección.

—¿Ya se marcha?

—Esta noche… No vivo de rentas… Por otra parte, estoy casado, y mi mujer empieza a impacientarse…

—¿Y el inspector Machère?

—No sé qué decidirá… Supongo…

Se oyó el timbre de la tienda. Sonaron pasos precipitados y luego dieron golpes en la puerta.

Era el mismo Machère, muy alterado.

—¿Está aquí el comisario?

Aún no lo había visto, sorprendido por haber llegado en plena reunión familiar.

—¿Qué ocurre?

—Tengo que hablar con usted.

—¿Me permiten?

Y Maigret acompañó al inspector hasta la tienda y se apoyó en el mostrador.

—¡Cuánto aborrezco a esta gente!

Machère, crispado, señalaba con la barbilla la puerta del comedor.

—Solo el olor de su café y de su tarta…

—¿Eso querías decirme?

—¡No! Tengo noticias de Bruselas… El tren llegó a la hora prevista…

—Pero ¡el marinero no iba en él!

—¿Ya lo sabía?

—¡Tenía mis dudas! ¿Le has tomado por un imbécil? ¡Yo, no! Habrá bajado en alguna estación anterior, cogido otro tren, luego otro más… Esta tarde tal vez esté ya en Alemania, o a lo mejor en Ámsterdam, o tal vez incluso en París…

Pero Machère lo miraba, burlón.

—¡Si aun tuviera dinero!

—¿Qué quieres decir?

—Lo he investigado. El hombre se llama Cassin. Ayer por la mañana no pudo liquidar su cuenta en la taberna y se negaron a servirle… ¡Y hay algo mejor! Debía dinero a todo el mundo… Hasta el punto de que los comerciantes impidieron que su barco saliese…

Maigret miraba a su compañero con absoluta indiferencia.

—¿Y qué más?

—No me he contentado con eso. Y me ha costado trabajo, porque, al ser domingo, la mayoría de la gente no está en casa… He ido hasta el cine, para interrogar a algunas personas…

Mientras fumaba su pipa, Maigret se entretenía poniendo pesos en los dos platillos de la balanza, tratando de equilibrarla.

—He descubierto que ayer Gérard Piedboeuf pidió prestados diez mil francos, dando como garantía la firma de su padre, pues nadie se fiaba de la suya…

—¿Cassin y él se encontraron?

—¡Exacto! Un aduanero vio a Gérard Piedboeuf y a Cassin caminando juntos a lo largo de la orilla del lado de la aduana belga…

—¿A qué hora?

—Cerca de las dos…

—¡Perfecto!

—¿Qué es perfecto? Si Piedboeuf dio dinero al marinero…

—¡Cuidado con las conclusiones, Machère! Es muy peligroso querer cerrar como sea una investigación…

—Lo que no impide que el hombre, que no tenía un céntimo por la mañana, se fuera en tren por la tarde y llevara dinero en el bolsillo. He estado en la estación. Pagó su billete con mil francos… Y parece que tenía más…

—¿O solo *uno* más?

—Tal vez más, o solo uno más… ¿Qué haría usted en mi lugar?

—¿Yo?

—Sí.

Maigret suspiró, golpeó la pipa contra su tacón para vaciarla y señaló la puerta del comedor.

—Me tomaría un buen vaso de ginebra… Además, ¡van a tocar una pieza al piano!

—Eso es todo lo que…

—¡Vamos, ven…! A estas horas, ya no tienes nada que hacer en la ciudad… ¿Dónde está Gérard Piedboeuf?

—En el cine Scala, con una obrera de la fábrica.

—¡Me apostaría a que han cogido un palco!

Y Maigret, con una risa silenciosa, empujó a su colega hacia la sala común, donde la penumbra empezaba a difuminar los contornos. Un hilillo de humo salía lentamente del sillón de Van de Weert. La señora Peeters estaba en la cocina, ocupada en fregar los cacharros. Marguerite, al piano, dejaba que los dedos se desplazaran con languidez sobre las notas.

—¿De verdad desea que toque?

—¡Desde luego...! Siéntate aquí, Machère...

Joseph estaba de pie, con el codo derecho apoyado sobre la chimenea y la mirada fija en la ventana verde.

> *El invierno puede irse*
> *la primavera bien amada*
> *puede desaparecer...*
> *Las hojas del otoño*
> *y los frutos del verano,*
> *todo puede pasar...*

La voz se notaba poco firme. Marguerite hacía un esfuerzo por llegar al final. Dos veces se equivocó en los acordes.

> *Pero volverás a mí,*
> *¡oh, mi querido novio!,*
> *para no dejarme nunca más...*

Anna ya no estaba allí. Tampoco estaba en la cocina, donde se oía a la señora Peeters ir y venir haciendo el menor ruido posible, en atención a la música.

> *... te he dado mi corazón...*

Marguerite no podía ver la lúgubre silueta de Joseph, que había dejado que su cigarrillo se apagase.

La noche iba cayendo, el fuego de la chimenea proyectaba reflejos rojizos en todos los objetos, sobre todo en las patas relucientes de la mesa.

Para gran sorpresa de Machère, que no se atrevió a moverse, Maigret salió del comedor con un movimiento tan imperceptible que pasó inadvertido. Subió la escalera sin hacer crujir ni un solo escalón y se encontró ante dos puertas cerradas.

El descansillo estaba ya casi a oscuras. Solo se destacaban ligeramente los picaportes como dos manchas lechosas, pues eran de porcelana.

El comisario se metió la pipa encendida en el bolsillo, giró uno de los picaportes, entró y volvió a cerrar la puerta tras él.

Anna estaba allí. A causa de las cortinas, la habitación se hallaba aún más oscura que el comedor. Un polvo gris flotaba en el aire, más opaco en unos sitios que en otros, sobre todo en los rincones.

Anna no se movió. ¿Tal vez no lo había oído?

Estaba ante la ventana, a contraluz, con la cara vuelta hacia el paisaje crepuscular del Meuse. En la otra orilla habían encendido ya algunas luces que se adentraban con finos rayos en la semioscuridad.

De espaldas se habría creído que Anna lloraba. Era alta. Parecía más vigorosa, más «estatua» que nunca.

Su vestido gris se fundía completamente con el ambiente.

Una tabla del suelo crujió en el momento en que Maigret estaba ya a un paso de la joven, pero eso no la hizo estremecerse.

Entonces él le puso la mano sobre el hombro, con una suavidad sorprendente, al tiempo que le sonreía, como alguien que al fin puede abandonarse a las confidencias:

—¡Ya está!

Ella se volvió hacia él, con el cuerpo rígido. Estaba tranquila. Ni una arruga alteraba la severa armonía de sus rasgos.

Solamente el cuello se le hinchaba un poco, lentamente, debido a una misteriosa presión interior…

Las notas del piano llegaban con claridad y se oía perfectamente la letra de la «Canción de Solveig».

Que Dios quiera
todavía con su enorme bondad
protegerte…

Y dos ojos claros buscaban los ojos de Maigret mientras los labios, que estuvieron a punto de dejar escapar un sollozo, adquirían la misma rigidez que todo el cuerpo de Anna.

10

La «Canción de Solveig»

—¿Qué hace aquí?

Cosa extraña, el tono no era agresivo. Anna miraba a Maigret con fastidio, quizá con algo de temor, pero no con odio.

—Ya ha oído lo que he dicho hace un rato. Me voy esta tarde. Durante unos días, usted y yo hemos tenido una relación muy cercana…

Él miraba alrededor: la cama de las dos jóvenes, la piel de oso blanco que les servía de alfombra, el papel de la habitación de florecillas de color rosa, el armario de luna, que tan solo reflejaba las sombras de la noche.

—No he querido marcharme sin tener una última conversación con usted…

El rectángulo de la ventana formaba una pantalla sobre la que se destacaba la silueta de Anna, cada vez más imprecisa, a medida que pasaban los minutos. Y Maigret se dio cuenta de un detalle que no le había llamado la atención hasta entonces. Una hora antes no podría haber dicho cómo iba peinada. Ahora lo sabía. Su largo cabello, trenzado apretadamente, descansaba sobre la nuca en una pesada trenza.

—¡Anna…! —gritó la voz de la señora Peeters en el pasillo del piso de abajo.

El piano había enmudecido. Se habían dado cuenta de la desaparición de ambos.

—¡Sí…! Estoy aquí…

—¿Has visto al comisario?

—¡Sí…! Ahora bajamos…

Para contestar se había acercado a la puerta. Luego regresó junto a su compañero, en una actitud grave, con la mirada de una fijeza dramática.

—¿Qué quería decirme?

—Ya lo sabe.

Ella no volvió la cabeza. Siguió mirándole con ojos ardientes, con las manos juntas sobre el regazo, en una postura que era más propia de una anciana.

—¿Qué piensa hacer?

—Ya se lo he dicho: volver a París…

Por fin la voz se le veló un poco cuando Anna dijo:

—¿Y yo?

Era la primera vez que mostraba alguna emoción. Y ella misma se dio cuenta. Y, sin duda para controlar su turbación, fue hacia la llave de la luz y la giró.

La lámpara tenía una pantalla de seda amarilla que solo alumbraba un círculo de unos dos metros de diámetro sobre el suelo.

—Por lo pronto, tengo que hacerle una pregunta —dijo Maigret—. ¿Quién ha proporcionado el dinero? Había que hacerlo con rapidez, ¿verdad?, reunir los fondos enseguida. El banco estaba cerrado. En casa no deben guardar grandes sumas. No tienen teléfono…

Hablaba lentamente. Luego, un silencio de una extraña intensidad se instaló a su alrededor.

Maigret seguía impregnándose de esa atmósfera tranquila de pequeña burguesía. Se adivinaba abajo un murmullo de voces. El doctor Van de Weert estiraría sus cortas piernas hacia la estufa. Joseph y Marguerite se mirarían sin decirse nada. Machère debía de estar impaciente, y la señora Peeters cogiendo algún trabajo de costura o llenando de nuevo los vasos de ginebra.

Maigret seguía buscando las pupilas claras de Anna, que acabó susurrando:

—Ha sido Marguerite…

—¿Tenía dinero en su casa?

—Dinero y acciones. Ella misma administra la parte de la fortuna que le quedó de su madre. —Y Anna repitió—: ¿Qué piensa hacer?

Al tiempo se le humedecieron los ojos, pero fue algo tan breve que Maigret creyó que se había equivocado.

—¿Y usted?

El hecho de formularse ambos una y otra vez la misma pregunta demostraba el temor por parte de los dos a abordar el tema principal.

—¿Cómo atrajo usted a Germaine Piedboeuf a su habitación…? ¡Espere! No me responda ahora… Ella vino aquella tarde para tener noticias de Joseph y para reclamar la pensión del niño… La recibió su madre… Usted entró también en la tienda… ¿Tenía usted ya entonces la intención de matarla?

—Sí.

Ni pizca de emoción ni de pánico. Una voz clara.

—¿Desde cuándo?

—Desde hacía un mes por lo menos.

Maigret se sentó al borde de la cama, de la cama de las dos jóvenes Anna y Maria; se pasó la mano por la frente mientras miraba el papel pintado que servía de tela de fondo a su adversaria.

Parecía estar orgullosa de lo que había hecho. Reivindicaba para ella toda la responsabilidad. Proclamaba la premeditación.

—¿Tanto quiere usted a su hermano para hacer algo así?

Él lo sabía. Y no se trataba solo de Anna. ¿Eso sucedía desde que el viejo Peeters había dejado de contar para el resto de la familia? Desde luego, las tres mujeres, su madre y sus dos hermanas, sentían la misma adoración por el muchacho, una adoración que, en el caso de Anna, podía dar lugar a suposiciones equívocas.

No era guapo. Era flaco. Sus rasgos eran irregulares, con una silueta alargada y una nariz enorme; sus ojos de pupilas fatigadas traslucían aburrimiento.

Pero ¡no eso no impedía que lo vieran como un dios! ¡Y, como un dios, lo quería Marguerite!

Tal vez se trataba de una sugestión colectiva, y uno podía imaginarse a las dos hermanas, la madre y la prima pasándose las tardes hablando de él…

—¡Tenía que evitar que él se suicidase!

Aquello no le gustó a Maigret. Se levantó de un salto y empezó a pasearse a lo largo de la habitación.

—¿Él amenazó con matarse?

—Si hubiera tenido que casarse con Germaine, se habría matado el día de la boda…

Maigret no se echó a reír. Se encogió significativamente de hombros. Recordó las confidencias que Joseph le había hecho unos días atrás. ¡Joseph, que incluso no sabía a quién quería! ¡Joseph, que tenía casi tanto miedo a Marguerite como a Germaine Piedboeuf!

Fue solo para halagar a sus hermanas, para conservar la admiración de ellas, por lo que se había dado aires románticos.

—Su vida estaba rota.

¡Diablos! ¡Todo aquello encajaba perfectamente con la «Canción de Solveig»!

Pero volverás a mí,
¡oh, mi querido novio!

¡Y todos habían formado parte de aquello! Se habían embriagado a fuerza de música, de poesías y de confidencias.

¡Podía resultar hermoso ese novio, con sus trajes mal cortados y sus ojos de miope!

—¿Habló con alguien de sus intenciones?

—Con nadie.

—¿Ni siquiera con él?

—Con él menos que con nadie.

—¿Y tenía el martillo en su habitación desde hacía un mes? ¡Espere! ¡Empiezo a comprender!

Maigret respiraba de forma entrecortada, pues comenzaba a afectarle todo cuanto aquella tragedia tenía de trágico y de mezquino.

Casi no se atrevía a mirar a Anna, que seguía sin moverse.

—Era fundamental que no la cogieran a usted, ¿verdad? ¡Pues entonces Joseph no se habría atrevido a casarse con

Marguerite! Pensó en todas las armas posibles. ¡El revólver hacía demasiado ruido! Como Germaine no comía aquí, no podía usted usar el veneno… Si sus manos hubieran sido lo bastante fuertes, sin duda la habría estrangulado…

—Sí, pensé en eso…

—¡Cállese, por Dios…! Fue usted a buscar el martillo a alguna cantera, pues no es usted tan tonta para coger una herramienta de su propia casa… ¿Cómo atrajo a Germaine a su habitación?

Ella habló en un tono indiferente:

—Había llorado, en el almacén… Era una mujer que siempre estaba llorando… Mi madre le había dado cincuenta francos a cuenta de su mensualidad… Salí con ella… Le dije que yo le daría el resto…

—Y dieron la vuelta a la casa, de noche… Entraron por la puerta trasera y subieron al primer… —Él miró la puerta, y añadió con voz grave—: Abrió usted la puerta… La hizo pasar primero a ella… El martillo ya estaba preparado…

—¡No!

—¿Qué no?

—No la golpeé inmediatamente… Quizá no habría tenido el valor suficiente para golpearla… No lo sé… Pero dijo, mirando la cama: «¿Es aquí donde se reúne mi hermano con usted…? ¡Tiene usted suerte: sabe evitar cómo evitar quedarse embarazada…!».

Ni un solo detalle que no resultase estúpido, tremendamente cotidiano.

—¿Cuántos golpes?

—Dos… Cayó al instante… La metí debajo de la cama…

—Y abajo se reunió con su madre, su hermana, así como con Marguerite, que acababa de llegar…

—Mi madre estaba en la cocina, con mi padre, ocupada en moler el café para el día siguiente…

—¡Anna! —gritó de nuevo la señora Peeters—. El inspector desea marcharse…

Entonces fue Maigret el que, inclinado sobre la escalera, dijo:

—¡Que espere!

Y volvió a cerrar la puerta con llave.

—¿Se lo dijo a su hermana y a Marguerite?

—¡No! Pero sabía que Joseph estaba a punto de llegar. Y yo no podía hacer sola lo que tenía que hacer. Y, además, no quería que alguien viera a mi hermano en la casa. Le dije a Maria que fuéramos a esperarlo al malecón para que nadie lo viera y que debía dejar la moto lo más lejos posible…

—¿Maria no se sorprendió?

—Tuvo miedo. No entendía nada. Pero se dio cuenta de que debía obedecerme… Marguerite estaba al piano… Le dije que tocara y cantase… Pues yo sabía que haríamos ruido arriba…

—¡Y también fue usted quien tuvo la idea del depósito del tejado! —Maigret encendió la pipa, que había llenado maquinalmente—. Joseph se reunió con usted en la habitación. ¿Qué dijo cuando la vio…?

—¡Nada! ¡No entendía nada! ¡Me miraba con espanto! Casi no pudo ayudarme…

—¡A meter el cuerpo por el tragaluz y a deslizarlo por la cornisa hasta el depósito galvanizado! —Gruesas gotas de sudor se deslizaban por la frente del comisario, que murmuró para sí—: ¡Increíble!

Ella hizo como si no lo oyese.

—Si no hubiera matado a esa mujer, sería Joseph el que estaría ahora muerto…

—¿Cuándo le dijo la verdad a Maria?

—¡Nunca…! No se atrevió a preguntarme… Cuando se supo lo de la desaparición de Germaine, debió de sospechar algo… Desde entonces está enferma…

—¿Y Marguerite?

—Si sospecha algo, no quiere saberlo… ¿Comprende?

¡Vaya si comprendía! Y, mientras tanto, la señora Peeters continuaba yendo y viniendo por la casa sin imaginarse lo que sucedía arriba e indignándose por las acusaciones de la gente de Givet.

El padre Peeters se contentaba con fumarse unas pipas en su sillón de mimbre, en el que se quedaba dormido dos o tres veces al día…

Joseph se dejaba ver lo menos posible, se iba a Nancy, y abandonaba a su hermana, dando por hecho que ella ya sabría defenderse sola…

Y Maria seguía atormentada, pasando los días en el convento de las ursulinas, donde vivía con la angustia de que, el día menos pensado, todo se descubriría.

—¿Por qué ha retirado el cuerpo del depósito?

—Habría acabado por oler… Esperé tres días… El sábado, cuando volvió Joseph, lo trasladamos hasta el Meuse…

También ella tenía gotas de sudor, pero no en la frente, sino sobre el labio superior, exactamente donde la piel tenía algo de vello.

—Cuando vi que el inspector sospechaba de nosotros y llevaba a cabo su investigación rabiosamente, pensé que lo mejor para acallar a la gente era dirigirme yo misma a la policía... Si no se encontraba el cadáver...

—¡El caso se habría archivado! —masculló Maigret. Y añadió, echando a andar de nuevo por la habitación—: Pero quedaba el marinero, que había visto cómo lanzaban el cuerpo al agua y encontrado el martillo y la ropa...

¡Y el cinismo de este último sobrepasaba al de los delincuentes profesionales! ¡No dijo nada a la policía! Mejor dicho, mintió. Dejó entrever que sabía mucho del asunto, pero que se negaba a contarlo.

A Gérard Piedboeuf le dijo que podía hacer que condenasen a los Peeters, y como precio de su testimonio le pidió dos mil francos.

Pero no acudió a la policía. Fue a ver a Anna. Y la obligó a decidirse.

Si no le daba dinero, hablaría; pero, si le ofrecía una gran suma, se iría del país, dejando así que las sospechas recayesen sobre él y no sobre la casa de los flamencos.

¡Fue Marguerite la que pagó! ¡Había que darse prisa! ¡Maigret había encontrado el martillo! ¡Anna no podía salir de la tienda sin llamar la atención! Le entregó una nota al marinero, para que este se la diese a su prima.

Y esta acudió un poco más tarde.

—¿Qué pasa...? ¿Por qué has...?

—¡Chis...! Joseph está a punto de llegar... Os casaréis enseguida...

Y la vaporosa Marguerite ya no se atrevió a preguntar nada más.

El sábado por la tarde, en la casa, el ambiente se había vuelto más distendido. El peligro había sido conjurado. ¡El marinero había huido! ¡Bastaba con que no lo detuviesen!

—Y, como temía que el estado nervioso de su hermana pudiese delatarla a usted —refunfuñó Maigret—, la aconsejó que se quedara en Namur, que fingiera estar enferma o se hiciese un esguince…

Estaba sofocado. Abajo se oía de nuevo el piano, pero esta vez tocaban «El conde de Luxemburgo».

¿Se daba cuenta Anna de la monstruosidad de su acto? Estaba completamente tranquila. Esperaba. Y su mirada seguía siendo transparente.

—Abajo se van a preocupar —dijo.

—Es verdad; bajemos…

Pero ella no se movía. Seguía de pie en medio de la habitación. Detuvo a Maigret con un gesto.

—¿Qué va a hacer ahora?

—¡Ya se lo he dicho tres veces! —dijo Maigret con un suspiro de cansancio—. Regreso a París esta tarde.

—Pero para…

—¡Lo demás no me importa! No estoy aquí en misión oficial. Pregúnteselo al inspector Machère…

—¿Le dirá usted…?

No contestó. Estaba ya en el descansillo. Respiraba el olor dulce y azucarado que impregnaba toda la casa, y el sabor de canela que prevalecía en el ambiente le traía a la memoria viejos recuerdos.

Bajo la puerta del comedor, se filtraba una línea de luz. Se oía más claramente la música.

Maigret empujó la puerta, y se asombró al ver a Anna, a la que no había oído entrar al mismo tiempo que él.

—¿Qué han estado tramando los dos? —pregunto el doctor Van de Weert, que acababa de encender un enorme puro y chupaba la punta igual que un niño lo hace con un chupete.

—Perdone… La señorita Anna me pedía información sobre un viaje que creo que piensa emprender uno de estos días…

Marguerite había dejado de tocar bruscamente.

—¿Es cierto, Anna?

—¡Oh!, no enseguida…

La señora Peeters, que hacía punto, miraba a todos, algo inquieta.

—Le he servido de beber, señor comisario… Ahora ya conozco sus gustos…

Machère, con el ceño fruncido, observaba a su colega, intentando adivinar lo sucedido.

Joseph, por su parte, estaba medio aturdido, pues se había bebido varios vasos de ginebra, uno tras otro. Tenía los ojos brillantes y las manos inquietas.

—¿Quiere hacerme un favor, señorita Marguerite? Toque por última vez la «Canción de Solveig»… —Y dirigiéndose a Joseph—: ¿Por qué no le pasa usted las páginas?

Era algo perverso, como cuando uno apoya la lengua sobre un diente enfermo, a fin de provocar dolor.

Desde el sitio en el que estaba, con un codo apoyado sobre la chimenea y su vaso de Schiedam en la mano, Maigret dominaba toda la habitación, con la señora Peeters inclinada sobre la mesa y con una especie de aureola que dibujaba la luz de la lámpara; Van de Weert, que fumaba estirando sus cortas piernas; Anna, que seguía de pie junto a la pared.

Y, al piano, Marguerite, que tocaba y cantaba a la vez, con Joseph, que pasaba las páginas…

La parte alta del piano estaba adornada con un bordado y numerosas fotografías: de Joseph, Maria y Anna de niños y a todas las edades…

… Que Dios quiera todavía…

Pero a quien más observaba el comisario era a Anna. No se daba por vencido. Esperaba algo, sin saber ciertamente qué.

¡Que se mostrara realmente turbada, en todo caso! ¿Quizá un movimiento convulsivo de labios? ¿Quizá lágrimas? Quizá una salida precipitada…

Se acabó la primera canción sin que nada de eso ocurriera, y Machère murmuró al oído del comisario:

—¿Nos quedaremos aquí mucho más?

—Unos minutos…

Durante ese breve intercambio de palabras, Anna los miró por encima de la mesa, como para asegurarse de que no le acechaba ningún peligro.

… para no dejarme nunca más…

Y, mientras el último acorde sonaba todavía, la señora Peeters murmuró, siempre inclinada su cabeza blanca sobre su labor:

—¡Nunca he deseado mal a nadie, pero repito que Dios sabe lo que hay que hacer…! ¿Acaso no habría sido una desgracia que estos hijos míos…?

No acabó, porque estaba emocionada. Secó una lágrima de su mejilla con la media que estaba tejiendo.

Y Anna permanecía impasible, sin quitarle ojo al comisario. Machère se impacientaba.

—¡Vámonos…! Perdónenme si los dejo tan bruscamente, pero el tren sale a las siete y…

Todos se levantaron. Joseph no sabía adónde mirar. Machère tartamudeó y, por fin, encontró la frase que buscaba o, al menos, algo que se asemejaba:

—Estoy consternado por haber sospechado de ustedes… Pero reconozcan que todo indicaba… Y si ese marinero no hubiera huido…

—Anna, ¿acompañas a estos señores?

—Sí, madre…

Solamente ellos tres atravesaron la tienda. La puerta estaba cerrada con llave, puesto que era domingo. Pero una lamparilla de noche proyectaba reflejos sobre los platos de cobre de la balanza. Machère dio calurosamente la mano a la joven.

—Permita que le pida de nuevo disculpas…

Maigret y Anna se quedaron unos segundos frente a frente, y Anna balbució al fin:

—Puede estar tranquilo… No me quedaré aquí…

En la oscura noche del muelle, Machère hablaba sin cesar, pero Maigret solo oía algunos retazos de lo que decía.

—… Ahora que conocemos el nombre del culpable, mañana volveré a Nancy…

«¿Qué habrá querido decir? —pensaba el comisario—. "No me quedaré aquí…". ¿Acaso tendrá el valor de…?».

Miró el Meuse, donde los faroles de gas emitían reflejos, deformados por las olas, cada cincuenta metros. Y una luz más viva al otro lado del río, en el patio de la fábrica, donde, esa noche también, el viejo Piedboeuf llevaría sus patatas y las asaría sobre la ceniza.

Pasaron por la callejuela. En la casa de los Piedboeuf no se veía ninguna luz.

11

El final de Anna

—¿Ha ido todo bien?

La señora Maigret estaba sorprendida de ver a su marido de tan mal humor. Palpaba el abrigo que acababa de ayudarle a quitarse.

—Has vuelto a caminar bajo la lluvia… Un día, acabarás con dolores que no desaparecerán… ¿De qué trataba ese asunto…? ¿Un crimen…?

—¡Un asunto de familia!

—¿Y la joven que vino a verte?

—¡Una joven! Dame las zapatillas, ¿quieres?

—¡Bueno, hombre! ¡No volveré a preguntarte nada más! Al menos respecto a ese asunto. ¿Has comido bien en Givet?

—No lo sé…

¡Y era verdad! Apenas se acordaba de lo que había comido.

—¿Adivinas qué te he preparado?

—¡*Quiches!*

No era difícil adivinarlo, porque toda la casa olía a ellas.

—¿Tienes hambre?

—Sí, querida… En todo caso, dentro de un rato tendré hambre… Cuéntame qué ha pasado por aquí… A propósito, el asunto de los muebles está arreglado…

¿Por qué al mirar su comedor se dirigía siempre al mismo rincón, donde no había nada? No se dio cuenta hasta que su mujer le dijo:

—¿Pareces buscar algo?

Entonces gritó en voz alta:

—¡Diablos! El piano…

—¿Qué piano?

—¡Nada! No puedes comprender… Tus *quiches* están buenísimas…

—De poco me sirve ser alsaciana si no supiera preparar las quiches… Y, si sigues así, no podré ni probarlas… A propósito del piano, los del cuarto…

Un año más tarde, Maigret entraba en una casa de exportación de la calle Poissonnière, en relación con un caso de billetes de banco falsos.

Los almacenes eran enormes, se hallaban atestados de mercancías, pero las oficinas eran pequeñas.

—Pediré que le traigan el billete falso que he encontrado en un fajo… —dijo el propietario, apretando un timbre.

Maigret miraba fuera. Divisó vagamente una blusa gris que se acercaba al despacho, unas piernas con medias de algodón. Después levantó la cabeza y se quedó un momento inmóvil mirando el rostro inclinado sobre la mesa.

—Muchas gracias, señorita Anna… —Y, como el comisario seguía mirando a la empleada, el propietario explicó—: Recuerda vagamente a una sargenta… Pero ya desearía que tuviera usted una secretaria como ella… Hace el trabajo de dos empleados. Despacha todo el correo y aún le queda tiempo para llevar la contabilidad.

—¿Hace muchos años que trabaja para usted?

—Unos diez meses.

—¿Está casada?

—¡Oh, no! Es su pequeño pecado: un odio mortal que se extiende a todos los hombres… Un día, un colega que vino a verme intentó, a modo de broma, pellizcarle en la cintura… Si hubiera visto la mirada que le dirigió…

»Llega por las mañanas a las ocho, algunas veces antes… Por la tarde, es ella quien cierra el almacén… Debe de ser extranjera, pues tiene un ligero acento…

—¿Me permite que hable un momento con ella?

—Voy a llamarla.

—¡No!, preferiría ir yo mismo a su despacho…

Y Maigret atravesó una puerta vidriera. La oficina daba a un patio lleno de camiones. El edificio entero parecía temblar debido al estruendo de autobuses y coches que circulaban por la calle Poissonnière.

Anna permaneció tranquila, con esa misma tranquilidad que había mostrado un rato antes cuando se inclinaba sobre su jefe y tal como Maigret la había conocido. Debía de tener ahora veintisiete años, pero aparentaba más de treinta, pues su piel ya no tenía la lozanía de antaño y sus rasgos se habían marchitado.

Al cabo de dos o tres años, resultaría imposible calcular su edad. ¡Y dentro de diez, sería una vieja!

—¿Tiene noticias de su hermano?

Ella volvió la cabeza sin contestar, al tiempo que cogía maquinalmente un papel secante.

—¿Se ha casado?

Se contentó con asentir con la cabeza.

—¿Es feliz?

Y entonces brotaron las lágrimas que Maigret esperaba hacía tanto tiempo, a la vez que se le hinchaba la garganta y le soltaba, como si él fuera el culpable de todo:

—Se ha dado a la bebida… Marguerite espera un niño…

—¿Y el trabajo?

—El bufete no le aportaba ningún beneficio… Tuvo que aceptar una plaza de mil francos en Reims…

Se secaba los ojos con el pañuelo, con movimientos secos, rabiosos.

—¿Maria?

—Ha muerto, ocho días antes de tomar los hábitos…

Sonó el teléfono, y Anna, con otra voz, contestó mientras acercaba la mano a la libreta de notas:

—Sí, señor Worms… Entendido… Mañana por la tarde… Ahora mismo lo comunico por telégrafo. Respecto al cargamento de lana, le envío una carta con algunas observaciones… ¡No!, no tengo tiempo… Ya la leerá…

Colgó. El jefe estaba en el umbral mirándola y mirando a Maigret a su vez.

El comisario volvió al despacho contiguo.

—¿Qué le decía…? ¡Y no le he hablado a usted de su honestidad…! En ese punto, es casi exagerado…

—¿Dónde vive?

—No lo sé… O, más bien, desconozco su dirección, pero sé que es en una casa solo para mujeres, que gestiona no sé qué obra… Pero… ¡Dígame! Empieza usted a asustarme… ¿No la habrá conocido en el ejercicio de sus funciones…? Eso resultaría algo inquietante…

—¡No fue en el ejercicio de mis funciones! —respondió lentamente Maigret—. Entonces, estábamos diciendo que lo había encontrado en un fajo…

Prestó atención a los sonidos del despacho contiguo, donde una voz de mujer decía al teléfono:

—¡No, señor; está ocupado! La señorita Anna al aparato… Sí, estoy al tanto…

Nunca más se supo del marinero.

« Certes, ils préfèrent que je ne voie pas certaines choses.
Mais ce qu'il ne faut surtout pas, c'est que je leur en raconte d'autres ».

« — Vous direz tout?
— Et vous?
— J'essaierai. Si je n'y parviens pas, je m'en voudrais toute ma vie ».

«Sin duda, prefieren que yo no vea ciertas cosas.
Pero lo que no debe ocurrir, sobre todo, es que les cuente otras».

«—¿Usted lo dirá todo?
—¿Y usted?
—Trataré. Si no lo consigo, me lo reprocharé toda la vida».

PEUPLES QUI ONT FAIM, 1934